# 派遣Ωは社長の抱き枕

## ～エリートαを寝かしつけるお仕事～

# 人物紹介

Characters

## 藤《ふじ》川《かわ》志信《しのぶ》

発情期《ヒート》に働けないため
派遣やバイトで食い繋いでおり、
生活に余裕がないΩ。
バイト先で知り合った宗吾に頼まれて、
彼と毎晩同じベッドで眠る
添い寝業務を行うことになって……!?

## 鳳《おおとり》宗《そう》吾《ご》

東鳳エレクトロニクスの
代表取締役社長を務めるエリートα。
多忙とプレッシャーによる
不眠症に悩んでいたが、
たまたま出会った志信の匂いを嗅いで
久々にぐっすり眠れたことから、
志信に添い寝業務を依頼する。

倉《くら》橋《はし》一《かず》也《や》
志信の小学生の頃からの幼馴染。
口は悪いが親友想いで優しい。
秋《あき》山《やま》凛《りん》花《か》
宗吾の秘書。
宗吾に片想いをしている。
お嬢様育ちでプライドが高く、
キツい性格。

目次

# 派遣Ωは社長の抱き枕

## ～エリートαを寝かしつけるお仕事～

# プロローグ

この日の僕、藤川《ふじかわ》志信《しのぶ》は朝からついていなかった。

傘を持たずに出たら雨に降られ、バイト先に着いた途端に雨は止んだ。

店の外を掃いていたら、黒猫が目の前を横切った。

こんな都会になぜ猫が？

そう思ってぼうっと見ていたら後ろから来た大男に突き飛ばされ、舌打ちされた。

転んだのは僕の方なのに……

そして普段はそんなに忙しくないのに、なぜかこの日は珍しく忙しくてお昼ごはんを食べそこねた。

空腹で更に集中力を失っていたのが災いしたんだ。

あの時もっと注意して周りをよく見ていたら……と繰り返し思った。

僕はカフェでの仕事中で、コーヒーをお客さんのテーブルに運んでいた。するとその時、横から別のお客さんが「すみません」と手を上げた。

「少々お待ちください」と僕は会釈した。つまり、前を見ていなかったんだ。そして歩いている方向に視線を戻した時には、広いスーツの胸に衝突していた。

「わあっ！」

思い切りぶつかって、手に持っていたトレーからコーヒーのカップが傾きながら滑り落ちる。

あっ、と思った時には、熱々のコーヒーがぶつかった相手のスーツにかかっていた。

「申し訳ございません！」

僕は急いで謝って、エプロンのポケットから布巾を取り出し、スーツに付いた水滴を拭こうとした。

「火傷していませんか!?　すぐに冷やしますので、こちらへどうぞ」

「ああ、大丈夫だ。上着にかかっただけだから、熱くはない」

「申し訳ありません！　本当にすみませんでした！」

僕はペコペコと頭を下げた。

よく見ると物凄く高価そうな布地のスーツだ。着ている人物もモデルなのかっていうくらいスタイルが良くて、オールバックが似合う目鼻立ちのはっきりした美形だ。

うわ……うわ……絶対高いよこのスーツ。

それにめちゃくちゃエリートっぽい……アルファだよな。ああ、どうしよう……このバイトもクビになっちゃうかも。

僕は涙目で謝った。するとその男性が急に僕にずいっと近づいてくる。

そのまま頭を下げていると、襟元を掴《つか》まれて顔を上げさせられた。

「ひっ」

殴られる⁉　こんな上品そうな人が公衆の面前で暴力⁉

と身構えたら、すっと顔が近づけられこめかみ辺りで匂いを嗅がれた。

僕はギュッと目を瞑《つむ》って耐える。

――え？　何なに？　怖い！

「君、香水は付けているか？」

「いいえ、何も付けてません」

「では、どこのシャンプーを使っているんだ？」

「え？　シャンプー？」

「君が使っているシャンプーの銘柄を教えてくれ」

「え……でも、あの……そんなことよりスーツ……クリーニング代出しますので……」

「ああ、そんなのはどうでもいい。それよりシャンプーだよ。すごくいい匂いだ」

「あ、あの……」

えーっと、どのシャンプー使ったかな……

僕はホテルの派遣の仕事もしていて、アメニティをよく貰ってくるからどこのホテルのどのシャンプーを使っているかすぐに答えられなかった。

「ちょっと、今わからないんですが……」

「何？　自分で使ってるシャンプーの銘柄もわからないのか」

「う……ごめんなさい……」

「仕方ない。それじゃあ、わかり次第、ここに連絡してくれ」

そう言って男性は手帳にさらさらと電話番号を書き付けてページを破り、僕に手渡した。

「時間がないから失礼。必ず連絡してくれよ。くれなかったらまたここに来るからな」

「はい！　もちろんです。改めてお詫びいたしますので……」

僕が言い終わる前に彼は既に店の外に出てしまっていた。

忙しそうな人……きっと企業の要職についているんだろうな。

彼の去ったドアを見つめていたら女性店長に声を掛けられた。

「藤川くん」

「は、はい！」

「あれ……東鳳《とうほう》エレクトロニクスの社長じゃないの」

「え？　店長、ご存知なんですか」

「君ねぇ、もうすぐ三十歳でしょ？　ニュースくらい見なさいよ。今半導体で話題になってる会社よ」

「そうなんですか……」

「あのスーツ、高いわよぉ」

「え!?　やっぱりそうなんですか。五万円……もしかして十万円とか!?」

「はっ！　そんなに安い訳ないでしょ」

目の前が真っ暗になる。

今月はそれでなくてもヒートがキツくて、ヒート明けにも欠勤してしまったから生活費もカツカツなのに……

「どうやって弁償するつもり？　うちは肩代わりする余裕なんてないわよ」

「え……あの、そんなつもりは……」

何が言いたいんだ？　まさか、クビ宣告？

「とにかく、個人的に解決してちょうだいね。うちは一切関わらないから、そのつもりで」

「はい……」

「大企業の社長に睨《にら》まれたら、うちはやってけないわよ。全く、鈍臭いんだから……」

「すみませんでした……」

店長はブツクサ言いながらキッチンに戻って行った。

確かに僕のミスだけど、あんな風に言わなくたっていいじゃないか。

僕は電話番号のメモをぐしゃっと握り締めてエプロンのポケットにしまった。


家に帰ってすぐにバスルームへ行き、使いかけのアメニティのシャンプーボトルを見た。

「ああ、これだったか」

イタリアの高級ブランドであるシヴォリのシャンプーだった。そりゃいい匂いがするよね。

これで連絡して……何ならたしかまだストックがあったから、現品も一緒に渡せば許してもらえ……ないよね。

お店で買って渡すならともかく、アメニティを渡してあんなセレブっぽい人が喜ぶ訳がない。

店長にさっきのスーツの値段を聞いて、僕は腰を抜かしそうになった。

「最低でも五十万円以上か……僕の生活費何ヶ月分だよ……」

そんなお金、どこにもない。

毎月カツカツで、どうにかやりくりしてその日を乗り切っている状態なのに。分割したとして何ヶ月で払い終わるんだ？　もう一つ仕事を増やさないといけない。

でも今だって、睡眠時間をギリギリまで削って働いてるのに。

夜の仕事でもしないと、もうダメなのかなぁ。

オメガの行き着く先はやっぱりそこなのか？

僕は第二の性別がオメガで、三ヶ月に一回発情期が来る。

この世界には男女の他にアルファ、ベータ、オメガの三種類の性別がある。中でもオメガはアルファの男性と性交することで男性でも妊娠ができる、全体で数％しかいない貴重な性だ。

世界中で少子化が進んだため生殖能力の高いオメガ性が生まれたとされるが、正直そんなの僕個人は知ったことじゃない。種の保存とかそんなことより、今自分が食べて生きるだけで必死なんだから。

そんな僕にとって、オメガの性質は不必要極まりない代物だ。

オメガの発情期《ヒート》は人それぞれだけど約三ヶ月に一回、大体一週間という期間で訪れてその間はアルファを誘うフェロモンが出る。そして子孫を残すこと……つまりセックスのことしか考えられなくなる。その期間中は薬で抑えずに仕事をするなど不可能で、日常の家事ですらままならないのだ。

しかも僕の場合、現在出回っている発情抑制剤を飲むと副作用により酷い時は呼吸困難の発作を起こしてしまうこともあった。探せばそのような副作用のない薬もあることはある。しかしそれはとんでもない高価格で、一錠分で僕の月給に相当する。そんな物を三ヶ月に一回も買うなんて、到底不可能だった。

なので、僕は高校三年生の時に初めてヒートを迎えてからは、ヒートの期間は薬なしで過ごしてきた。

そうなると、三ヶ月に一回、一週間仕事を休まねばならない。

まともな会社に正社員として雇われているようなオメガならば、ヒート期間の特別休暇が取れるそうだ。だけど僕みたいな貧乏な生まれの、大学にも行けなかった人間には、そんな会社に入ること自体が無理だった。

それで今みたいに派遣社員として働き、空いた時間はアルバイトもしてその時その時でギリギリの生活をしているのだった。

今はまだ若くてこんな無理な働き方ができているけど、将来どうなるのかはわからない。

だって貯金なんて全くできていない。老後のことなんて考える余裕もなく、毎晩遅くまで働いて死んだように眠り、朝早くから仕事に行く毎日だ。

店長が今日僕に「ニュースくらい見なさいよ」と言ったけど、家にテレビなんて贅沢品はない。

受信料がもったいないし、テレビを見る時間もないから。

スマホは持ってる。でもネットを使うのは外でフリーＷｉ‐Ｆｉがある所だけと決めている。

だから、ネットも職場や公共施設などでしか見ない。必然的に時間が限られるから、生活に必要な調べ物や職探しをして終了。

半導体？　そんなの僕には関係ない。ニュースなんて見ている暇は、僕にはないんだ。

「はぁ……電話しないとな」

メモを見る。番号の下に名前が書いてあった。

「鳳宗吾《おおとりそうご》さん、か……」

僕は重い腰を上げてスマホを操作する。発信ボタンを押す前に一度、深呼吸をした。

何とか許してもらえますように。

発信ボタンを押し、呼び出し音が四回目で繋がった。一瞬繋がらなければいいのに、と思ったけどそうはいかなかった。

さっき聞いたばかりの低めの声が電話口から聞こえる。

『もしもし』

僕は反射的に正座し、両手でスマホを持った。

「あ、あの、鳳さんのお電話ですか？　僕……先程お越しいただいたカフェの、藤川と申します」

『ああ、君か。ちゃんと電話してくれたんだな』

「はい、先程は大変申し訳ありませんでした」

電話なのについ頭を下げてしまう。

『それはもういいよ。怒っている訳ではないからな』

そうなの？　じゃあ許してもらえるのかな……

『そんなことよりもシャンプーの銘柄はわかったのか？』

「あ、はい！　シヴォリのものでした。あの、ホテルのアメニティなので、販売品と同じかはわからないんですが……あの、もしよければいくつかストックがあるので、お持ちできますけど……」

『シヴォリ？　本当にそうか？　それなら嗅いだことがあるはずだが……いや、種類が違うのかもしれない。悪いけど、そのアメニティを一つ貰えるかな？　どうしてもさっきの香りのものが欲しいんだ』

「はい、それはもちろんです。どこにお持ちしたら良いでしょう。ご都合の良い日時に伺います」

『あー……と、そうだな。今から俺がそっちに行く。ダメか？』

「え？　あの、もう僕家にいるんですが……」

『わかってる。だから君の家に行くと言ってるんだ』

僕は咄嗟に自分のいる部屋を見渡した。ひと目で部屋の全体を見渡せてしまうくらい狭いワンルームだ。こんな場所に高級スーツを着る人間を招き入れられる訳もない。

「それはちょっと、困ります……」

『ふむ、それもそうか。じゃあそうだな……まだ仕事が終わっていないんだが、すぐに終わらせて君の家の近くまで行くから、場所を指定してもらえるか？』

「あ……じゃあ、最寄りの駅で……」

結局この後、僕の家の近くの駅で会うことになってしまった。

まさか、この出会いが自分の運命を大きく変えることになるなんて……この時の僕は思ってもいなかった。

◇　◇　◇

その後鳳社長から仕事が終わったと連絡があり、指定された時間に駅に行くと先に着いた彼が車の側に立って待っていた。

僕の姿に気付いた彼が手を上げる。

「こんな時間に呼び出してすまない」

「あ、いいえ。こちらこそ、申し訳ありませんでした」

僕は頭を下げた。

「もうそんなに謝らなくていいから、頭を上げてくれ」

「あの、これが僕の使ってるのと同じシャンプーです。どうぞ」

手提げ袋に入れたアメニティセットを渡す。チラッと中身を確認した彼は微笑んでお礼を言った。

「ありがとう、助かるよ。実は最近不眠に悩まされていてね。好きな香りにでも包まれて寝たら、ぐっすり眠れるんじゃないかってふと思ったんだ」

「不眠ですか……」

それだけ⁉　やけに必死だと思ったけど。でもよく見たら、端正な顔の目の下にはうっすらとクマができている。

「ああ。それじゃあこれ、ありがとう。良ければ車で家の前まで送ろうか」

「いえ！　結構です」

僕は目の前で手を振って申し出を辞退した。外観もひどく質素……というかボロアパートだし、夜だとしてもこんな高級車で乗りつけるのは恥ずかしい。

「それじゃあ、おやすみ」

そう言って彼が僕の肩に手をかけて顔をスッと近づけてきた。

「え……？」

一瞬頬にキスでもされるのかとドキッとしたけど、さっきのように左耳の横くらいで匂いを嗅がれてサッと離れていった。

「悪い、やっぱりいい香りでつい……」

「あ、や、まだお風呂に入ってないから汗臭いですよ！　恥ずかしい……」

僕は頬が熱くなるのを感じて俯《うつむ》いた。こんなこと、今日会ったばかりの他人にすることじゃないだろう。この人、ちょっと距離感おかしいよ……

「そうなのか？　すごくいい香りなんだが。てっきりシャンプーした後かと思った」

してない！　いきなり会おうと言われたから、お風呂は後にしたんだ。

いたたまれなくて、僕は急いでぺこっと頭を下げた。

「あの、僕、これで失礼します！」

「ああ。おやすみ」

足早に来た道を戻りながら、早鐘《はやがね》を打つ心臓に自分自身戸惑っていた。

僕のことをいい匂いだと言ったけど、むしろ彼の方が爽やかでいい匂いがした。とてもこんな時間まで残業していたとは思えないような……

何だかすごく気分が落ち着かない。

彼が好みかと聞かれたら、それは好みだ。見惚れるようなスタイルに、整ったノーブルな顔立ち。夜まで働いたせいで髪の毛が少し乱れかけているのがセクシーだった。でも美形だからって、初対面でいきなりこんなにドキドキすることなんてないのに。ちょっと顔を近づけられたくらいで……

「僕、欲求不満なのかな……やだな、今度のヒートは、一也《かずや》を呼ばないとダメかも」

次のヒートのことを考えて憂鬱な気持ちになりながら家に帰った。

そういえばお詫びらしいお詫びもしないままになってしまったけど、あれで終わりで良かったのかな。

きっと大企業の社長なんて立場の人と話す機会なんんか、もう一生ないだろうなぁ……

ぼんやりとそんなことを考えながら眠った。


翌朝、身支度を整えているとスマホの着信音がした。

電話なんて珍しい。今日行く派遣先のホテルからかな……？　と画面を見ると、登録していない番号からの電話だった。

誰かわからないが、とりあえず通話ボタンを押す。

「はい、藤川ですが」

『ああ、よかった繋がって。朝早くにすまない、おはよう』

「はぁ、おはようございます。あの……どちらさまで……」

あれ？　この声ってもしかして……

『鳳だ、昨日会った』

「ああ！　おはようございます。昨日はすみませんでした。どうかしま……」

『昨日もらったシャンプーだけど、あの匂いじゃなかった』

僕が要件を聞こうとする前に、彼がかぶせ気味に発言した。しかもちょっと責めるような口調だ。

「え……？」

でも、僕が使っていたのはあれなんだけど……？

『悪いが、どうしても君のその匂いと同じものを手に入れたいんだ。もしかしたら、シャンプーじゃないのかも。ボディソープとか』

「そ……それは……えーっと、昨日お渡ししたアメニティセットの中のボディソープと同じなんですが……」

『俺にコーヒーをかけたのを悪いと思うなら、君の部屋へ行って全てのシャンプーやボディソープを確認させてもらえないか？』

「え⁉　うちにいらっしゃるんですか⁉」

　そこまでする⁉

『本当に困ってるんだ。あの香りさえあれば何とかなる気がして、もうそれしか考えられないんだよ。頼む。スーツの弁償はしなくていいから』

「うっ……」

　それを言われると断れない。僕は渋々了承した。

　そして彼が今日僕の仕事上がりに訪問してくることになった。

　ここ数日、掃除をする暇もなかったから部屋は埃っぽいのに、今電話で話していたせいでいつもより時間が押している。朝掃除をしてから行く余裕はない。

　お金も物欲もないタイプなので部屋の中に物自体は少なく、散らかっている訳ではないのが救いか。

　昨日の不運をまさか今日まで引きずるとは思っていなかったので、僕は朝から何度もため息を吐いてしまった。

　そして約束通り、僕の仕事上がりの時間に合わせて鳳社長がアパートにやって来た。ワンルームの部屋なんてきっと実物は見たことがないんじゃないかと思ってしまうくらい彼の姿とこの部屋には違和感があった。

今この状況を撮影したら下手な合成みたいに写りそう……

「昨日に引き続きプライベートな時間を奪ってすまない」

「いえ……元はと言えば僕がコーヒーをこぼしたのが悪いので、これくらい全然何ともありませんよ」

そうだ。五十万円払うよりずっとマシ。

僕は押入れにしまってあったアメニティたちを引っ張り出してローテーブルに並べた。

「今家にあるのはこれで全部です」

「わかった。一つひとつ開封して匂いを確認していいかな？」

「ええ、どうぞ」

結構な種類があったが一つひとつ蓋を開けて彼が匂いをチェックする。

半分くらいやってみても、ずっと社長は頭を振ったり首を傾げたりするばかりでこれという匂いに当たらないようだ。

「だんだん匂いがよくわからなくなってきたよ」

「あはは……」

「君は今朝はどれを使ったんだ？」

「え？　あ、まだシヴォリのが残ってたのでそれを……」

「ちょっと失礼」

「あ……」

座った状態でぐいっと腕を引かれて床に手をつく。

何？　と思ったらまたこめかみに鼻を近づけてきた。

いや、だからやめてよ急に。おかしいってこの人……

「何するんですか」

「もしかしてと思ったんだが……」

今度は両手で肩を掴《つか》まれ、首筋に鼻を付けられる。

「や、やめて！　汗かいてるから嫌ですってば……！」

「それだよ」

「はぁ？」

「わかった。やれやれ……無駄な手間をかけてしまった」

社長は悔しそうな顔をして髪をかきあげた。

「何ですか？」

「シャンプーやボディソープの匂いじゃない。君の匂いだったんだ」

は？　どういうこと？

ぽかんとする僕の顔を見て彼が言う。

「いい匂いは君の体臭だったんだよ。シヴォリじゃなくてね」

「え……は……？」

いい匂いと言われたのであっても、いきなり自分の体臭のことを指摘されてなぜか恥ずかしくてたまらず全身が熱くなった。絶対顔は真っ赤になっている。

「ああ、頬が上気して体温が上がったからかな？　さっきよりもっと強く香ってきた」

鳳社長は目を瞑《つむ》って鼻で深く息を吸い込んだ。

本当に恥ずかしいからやめて！

何これ？　拷問？

上等なスーツを着たイケメン社長がボロアパートで僕の匂いを嗅いで恍惚としている、この情景がシュール過ぎて目眩《めまい》がしそうだった。

それと同時に、心臓がバクバクして体温が上がる。体温が上がるほど匂いがきつくなるとわかってるのに、だんだん汗ばむほど暑くなってきた。

「お、鳳さんやめてください、恥ずかしいです。嗅がないで！」

僕はあまりに恥ずかしくてバスルームに逃げ込んだ。ワンルームなのでここくらいしか隠れる場所がないのだ。

もうやだ。何だよこの状況！

しばらく気を落ち着けようとこもっていたが、向こうからは何も言ってこない。

どうしたんだ？　もしかして来客中なのに僕が隠れたから怒って帰っちゃった？

そっとドアを開けて部屋の中に戻る。すると驚いたことに鳳社長がフローリングの床の上に倒れていた。

「鳳さん⁉　だ、大丈夫ですか⁉」

僕は慌てて駆け寄った。救急車を呼ばないといけないかと、まず呼吸を確認したところ、すーすーという寝息が聞こえた。

「嘘……寝てる……？」

さっきまでの恥ずかしさもどこかに吹っ飛んでしまった。

不眠症じゃなかったの……？　いや、本当に気に入った匂いのお陰で眠れたってこと……？ていうか会ったばかりの他人の家でよく眠れるな……この人本当に変わってる。

しかも、どうしよう。こんな床で寝たら今日のスーツまでダメになっちゃう。

僕は何とか上着だけ脱がせてハンガーに掛けた。そして布団を敷き、彼をその上に転がして寝かせてあげた。

結構ぐいぐい引っ張ったり押したりして動かしたのに、彼は熟睡しきっていて全然起きなかった。

「はぁ、はぁ、これでよし……」

筋肉質で背の高い男性を意識がない状態で動かすのはなかなか骨が折れた。

その作業で汗だくになってしまったので、彼には悪いが自分だけシャワーを浴びた。

寝る支度を終えても鳳社長はまだ起きなくて、もう諦めて僕も寝ることにした。明日もホテルの仕事で早番なので早朝に起きなければならないのだ。

「来客用の布団ってないんだよな」

床で寝るか……

ブランケットを二枚持ってきて片方を床に敷き、もう片方を掛け布団代わりにすることにした。

さあ寝ようと思ってふと社長を見ると、布団を剥《は》いでしまってお腹が出ていたのでかけ直してあげた。

そして今度こそ寝ようと立ち上がりかけたら、いきなり腕を掴《つか》まれた。そして背後から抱きしめられ布団に引きずり込まれる。

「えっ！　ちょ、やめてください！　鳳さん!?」

起きてたの!?　待って、何する気!?

引き剥《は》がそうとするけど、ガッチリホールドされていて腕が外れない。さすが鍛えてる腕は違う。

しかもやっぱり眠っているようだ。

諦めて、彼が寝返りを打ったタイミングで抜け出すことにした。

背後ですやすやと寝息が聞こえる。

きっと、抱き枕と勘違いしてるんだね。僕はくすっと笑った。

初対面の印象は厳しそうなエリートって感じだったのに今日の鳳社長は別人みたいに変だったな。

しかも寝顔は意外にも幼く見えて、実は結構若いのかもしれないと思った。

もしかして同年代だったりして……？　こうして無防備な姿を見せられるとちょっと可愛いかもと思ってしまった。

身体をぴったりくっつけられると必然的に彼の匂いを嗅ぐことになる。僕もやっぱりこの人の香りが好きだった。香水かな？　そう思っているうちに一瞬眠ってしまっていた。そろそろ抜け出さないとと思ったけど、背中のぬくもりがあまりにも心地良くて僕は動けなくなってしまった。

そして、そのまま深い眠りについた。


翌朝、アラーム音で目を覚ました。

あ〜……今日は早番だった。スマホはどこだ？　アラームを止めないと……

そして起き上がろうとして、お腹に重たい物が乗っていることに気付いた。

「ん？」

わ！　腕⁉　そうだった。昨日社長とそのまま寝ちゃったんだ。

ヤバ、彼が起きる前に抜け出さないと……

そう思ってそっと腕をどかそうと持ち上げたら、逆にぐっと力を込めて抱き寄せられてしまった。

う……もう起きないと時間がない。

こっそり抜け出してこの状況を説明するのを避けようとしたが、諦めて社長の腕をポンポンと叩き声を掛ける。

「鳳さん、朝です。すみませんが僕、仕事だからもう起きないと。離してください」

「ん……？」

よかった、起きた。昨日みたいに何をしても起きなかったらどうしようかと思った。

「ん〜……ふぁあ」

後ろで呑気な欠伸《あくび》が聞こえた。

「えーと、よく眠れて良かったですね。で、あの、離してほしいんですけど」

さり気なく手に力を込めて外そうとするけどびくともしない。

社長は腕の力を緩めることなく、僕のうなじにかかった髪の毛の間から鼻を突っ込んで思い切り深呼吸した。

「ひゃっ⁉」

「いい匂いだ……」

そのままくんくん鼻を鳴らしながら彼は首筋やこめかみの匂いを嗅ぎ、頬に口づけしてきた。そしてしまいには耳を甘噛みされた。

「ひっ！　やめて、くすぐったい。やめ……」

おいおい、誰と間違えてるんだよ。

僕はすごく焦ったけどその反面ゾクゾクして変な気分になりそうで困った。

寝ぼけた若社長は、ついに僕の服の中に手を突っ込んで胸を触り始めた。もうダメだと思って、申し訳ないけど強硬手段に出る。

「あの、本当にごめんなさい！」

一応謝ってから後頭部で彼の額めがけて頭突きした。

ゴン！　と音がして、彼が呻いて腕をやっと離してくれた。

「痛ってぇ……！」

額を押さえて痛みに耐えている社長に謝る。

「ごめんなさい。でももう僕遅刻しちゃうんで！」

「ん……？　何で俺はここに……？　まさか寝てたのか？」

「ぐっすりお休みになってましたよ。それじゃあ、僕シャワー浴びてきます！」

慌てて社長を放置してシャワーを浴び、朝ごはんは時間がないのでバナナだけ頬張って服を着替えた。

社長は呆然と布団の上に座っている。

「申し訳ないんですけど、先に出ますね！　ジャケットはあそこに掛けてあります。鍵はポストに入れておいてください。何か問題あったら留守電を入れておいてくれればいいので。それじゃあ失礼します！」

僕は早口で言ってバタバタと出勤した。

何だこの状況は。粗相をしてしまった相手をなぜか自宅に泊める羽目になり、添い寝までした。その上、朝時間がなくて部屋に置き去りにしてしまった……

こんな無礼許されるかな？

でも彼だって、勝手に来て勝手に泊まって行ったんだから相当常識はずれだよね。

うん、この件に関しては僕は悪くないぞ。おあいこだ。

そしてその日は上の空になりホテルでの仕事で凡ミスばかりしてしまった。

「いつもぼけっとしてるのに今日は一段と酷いな。気をつけろよ」

と先輩にも怒られた。

「すみません」

ああ、仕事してるとこんなことばっかりだ。しかも仕事で手一杯なのに、訳のわからない社長に仕事時間外に付き合わされて……結局あれだけ大騒ぎしてボトルを開封しまくって探したのに匂いの元は僕の体臭だって？

「はぁ……」

ちゃんと帰ってくれたかな？　せめて朝ごはんくらい出してあげたら良かったろうか。いや、あんなお金持ちそうな人に出せる食べ物なんて家にはないや。

それにしてもいい体してたなぁ、何を食べたらあんな体になれるのかな？

僕は自分の日に焼けていない貧相な腕を眺めた。

「しかもイケメンで社長って。僕もあんな風に生まれてたら人生楽しかったのかな」

いや、自分とあのレベルの人を比較するのが間違いだよね。そもそも僕はオメガって時点で色々終わってるし……

健康で働けているだけまだマシか。

僕の高校卒業後すぐに四十代前半で亡くなった母のことを思った。

母もオメガで、父親はどこにいるかわからないとしか聞かされていなかった。母は女手一つで僕を育ててくれて、いつも疲れた顔をしていた。

僕も人生四十年って思っていた方がいいのかもな。

これといった特技もなく、子供の頃から鈍臭いとからかわれて、いじめられることが多かった。

小学校時代、男子グループには「なよなよした奴」と言われて馴染《なじ》めず、かといって女子グループは「話がかみ合わない」と仲間に入れてくれなかった。

僕は昔から学力テストの結果も芳《かんば》しくない上に、物事の理解力も低かった。その上、家は貧乏で、生活環境の違う同級生の会話に入っていくことは、僕にとって容易ではなかったのだ。

小学校を卒業した後も「年齢に対して発言が幼い」と言われることがよくあった。会話の意図が汲み取れず、曖昧な笑みでその場を凌《しの》ごうとする僕の態度は一部の同級生を苛立たせ、目上の人には呆れられることもしばしばだった。

そんな僕は中学生の時に受けた第二の性別診断で、オメガだとわかった。その結果に母は驚かなかった。僕は母にそっくりな見た目だったから、予想していたようだ。

それは僕も同じで、奇跡的にベータだったら良いなと思わないではなかったけど「まぁこんなもんだよね」というのが率直な感想だ。自分がなぜ男女グループのどちらにも居場所がなかったのか、このときようやく腑に落ちた。

ただし、幸運なことに僕には一人だけ仲良くしてくれる友人がいた。幼馴染の一也が高校まで何かと助けてくれたから、僕は割と人間らしく生きてこられた。いや、正確には今でも助けてもらっている。ヒートがキツくて一人ではどうしようもないという時、ベータの彼に抱いてもらっているのだ。薬が飲めない僕に同情して、彼はノンケなのに男の僕の相手をしてくれる。本当に良い奴なんだ。

恋人がいるときはその限りではないが、そもそも僕は恋人がいるときの方が稀だ。僕はこれまで誰かに言い寄られて付き合うことはあっても、仕事とバイトの掛け持ちで会う時間がなく、結局すぐに別れてしまうのがお決まりのパターンだった。

とにかく僕は、この抜け出せない貧乏オメガ人生のループの中をぐるぐる回っている。母もそう、そして僕も同じ運命、さらに僕にもし子供ができたとしても――似たようなものだろう。

それは連綿と続いていく、断ち切れない輪なんだ。

そんなことを考えつつ仕事を終えてスマホを見たら、二時間前に着信の履歴が残っていた。登録していないけど、この番号はさすがに何度か見たので覚えていた。鳳社長だ。何かあったら電話をしてと言ったけど本当にしてくるとは……

これ以上何の用だろう？

留守電が入っていたので、疲れていて気が進まないけど仕方なく聞いてみた。

『鳳だ。話があるから折り返し電話してくれ。要件を先に伝えておくと、君を雇いたいんだ。それじゃあ連絡を待っているよ』

疲れた頭で何度聞いてもこう聞こえた。

「僕を……雇いたい？」

とにかく、またこの人に電話しないといけないらしい。これが僕にとって良い知らせなのか悪い知らせなのか、判断がつかなかった。

# 第一章　社長を寝かしつけるお仕事

ホテルが早番の日はその後夕方からラストまでカフェのバイトに入る。時間に余裕がないので、鳳社長にはバイトの後家に帰ってから電話することにした。

するると当然ながら、午前中以上に僕は気もそぞろになって小さなミスを繰り返した。そして例によって店長にちくちくと文句を言われるのだった。

「ねぇ藤川くん。あなたそういえば社長さんのスーツの件はどうなったの？」

「ああ……はい。電話して謝罪しました」

「で？　弁償するの？」

「え……いえ……」

弁償しなくていいから部屋でシャンプー探しをさせてくれって言われて、やらせてあげたからもうチャラでいいのかな。いや、いい訳ないか……

僕が判断しかねて首を傾げて考えていると、店長はイライラしながら言う。

「うやむやにして店側に社長から連絡が来るなんて困るからね、きっちり謝って納得してもらってよ」

「はい……」

わかってる。それに今日また電話するから安心してよ。なんて言えれば良いのだけど、この店長にはいつも言われっぱなしで言い返せた試しがなかった。

「もう、そうやっていつもぽや〜っとしてるから、ああいうミスするのよ！　また同じようなことしないように、シャキッとしてよね。もう三十になるっていうのに、学生気分が抜けないのも大概にして。可愛いだけで許される年齢じゃないわよ」

「はい……」

別に可愛いだけで許されたことなんて今までもないし、大学へは行ってないから学生気分だったこともない。僕が何をやっても店長がつっかかってくるのは、このカフェのバイトに来てからずっとなのでもう慣れた。

たまにすごく折り合いの悪い人がいる。それは大抵女性だった。僕はどちらかというと気が弱くて、男性より女性の方が話しやすいと思うんだけど、逆に女性からすごく嫌われることがあった。特に、仕事ができるタイプの女性に目の敵にされやすい。

きっと男なのにぼけっとしているのがいけないんだろうな。昔から「精神年齢が低すぎる」「話してるとイライラする」と言われることがよくあった。

ここの店長は、僕が苦手とする女性の代表みたいな人だった。

「お前はそのままで良いんだよ」と幼馴染の一也は言ってくれる。でもそれは、一也の心が広いだけだってわかっている。

誰だって鈍臭い奴と関わりたくないし、ましてや雇ったりしたくないはず。

それなのに……鳳社長は何を考えているんだろう。僕なんて雇っても何のメリットもないのに。仕事を終えて最後にお店の戸締まりをして帰宅する。

電話するのが夜中近くなってしまうけど、不眠症の社長なら起きているだろう。非常識な時間で申し訳ないけど、僕が折り返さないから催促のつもりなのか、鳳社長からの着信履歴が更に二回残っていた。

アパートに帰宅すると、ポストにはきちんと鍵が入れてあった。物騒かもしれないけど、家の中に盗まれるようなものはないから、何なら開けっ放しでも構わないくらいだ。

「はぁ……」

明日は休みだからいつもよりゆっくり寝ていられるし、疲れているけど頑張ろう。僕はスマホを手に取って着信の履歴画面を開いた。ちなみに、まだスマホの電話帳に社長の名前は登録していなかった。してしまったら、その後関わりができることを期待してるみたいで、何となく嫌だったのだ。

意を決して通話ボタンを押したら、ワンコールで社長が出た。早すぎてびっくりしてしまう。

『もしもし』

「あっ！　えっと遅くなってすみません！　藤川です」

『良かった。もう電話してくれないのかと思ったよ。何度もかけてすまなかった』

「こんな時間に申し訳ありません。ホテルの後あのカフェのバイトだったので電話する時間がなくて。やっと帰って来たんです」

『そうだったのか。お疲れ様。そんなに働いて体は大丈夫なのか？　それほど頑丈そうにも見えないが……』

「ええ、その……」

僕の場合、ヒートで定期的に休まないといけない上、酷い時はヒート前後も体調が悪くて動けなくなる。

しかも通常の薬が飲めないにしても、緊急用の注射タイプの抑制剤や避妊薬などオメガは薬にお金がかかる。だから働ける日は無理にでも働いておかないと生活できなくなりそうで不安なんだ。でも、こんなことを会って間もない見るからにアルファの男性に言ってもわかってもらえるはずがない。

「あ！　それよりも、僕を雇いたいってどういうことなんでしょう」

『そうだった。ぜひうちの会社で君を雇わせてくれ。今朝、俺は確信したんだ。君さえ側にいてくれたら俺の不眠は解決する！』

「はぁ……」

そんな力強く言われても……

『今日は朝から頭の回転が良くていつもと全然違ったんだ。気分は爽快。驚くほど仕事が捗《はかど》った。それを早く君に伝えたくてつい何度も電話してしまったんだ』

興奮気味に話す声だけで、嬉しそうなのが伝わる。しかし、やけにテンション高いな……

僕がこの人のことで悶々《もんもん》としてミスしまくっている間、彼は頭スッキリでサクサク仕事してたってことか。

『そうだ。君、恋人はいるのか？』

「はい？　今はいませんけど……」

急に何なんだ？　恋人？

『それは良かった。じゃあ問題ないな』

だから……何が？

僕にはお構いなしに社長はどんどん話し続ける。

『よし、じゃあ詳細は会って直接話すから。次の休みはいつだ？』

「明日ですけど……」

『何？　それはついてるな。何時なら空いてる？』

「え、ちょっと待ってください。さっきから何の話なんですか？　恋人とか詳細とか……」

『だから、君を雇う話だよ。さすがに、恋人がいちゃまずいだろう？』

「……何がまずいんですか？」

『だって、毎晩俺と添い寝するなんて、恋人がいたら怒られるよな？』

「はい!?」

毎晩添い寝!?

『お願いだ、藤川くん。俺と毎晩、同じベッドで一緒に寝てほしい』

「べっ……何……え？」

『無理を言ってるのはわかってる。でも、他には何もしなくていいから。ただ君は、俺と寝てくれさえすれば良いんだ』

こんな風に電話越しで熱っぽく口説かれて、頬が熱くなる。もちろんそういう意味じゃないのはわかってるけど。

僕は昨夜抱きしめられて眠った光景を思い出す。あれを毎日？

「そんなの……無理……」

『そう言わないで。今の給料を教えてくれ、必ずそれ以上の金額を払う』

「え⁉」

『君は俺を寝かせるだけで収入を得られるんだぞ？　それで俺はぐっすり眠れて、仕事のパフォーマンスも上がり、ｗｉｎ－ｗｉｎじゃないか？』

「それは……たしかに……でも……」

『君は俺のスーツをダメにしたのを忘れたのか？　もしこの仕事を引き受けてくれるなら、スーツの件は水に流す。だから〝はい〟と言ってくれ』

「ずるいですよ……そんなの」

『さあ、ほら』

こんな訳のわからない仕事受けて大丈夫かな？　でも一緒に寝るだけなら、誰にも迷惑をかけずにできそうな仕事だよね。

その時ふと、怖い顔をしてこちらを睨《にら》む店長の顔が頭をよぎった。

それが最後のひと押しになって僕は決意した。

「……そう言われたら断れないです。わかりました……お受けします」

何だか変なことになってしまった。だけどこれでスーツの件は安心していいってことだよね。

店長の怖い顔もこれでもう見ずに済むだろう……


翌日、僕は鳳社長のオフィスを訪れていた。

社長室に通され、革張りのソファに座る。女性秘書に飲み物は何が良いか聞かれたので緑茶をもらった。

「それじゃあ、ここところにサインを」

僕は言われた通り記入した。これで雇用契約は成立。

「ありがとう、じゃあ来週からよろしく頼むよ」

「はい。こちらこそよろしくお願いします」

社長が手を出したので握手をし、僕は頭を下げた。

この少し前に、ちょっと気になることがあった。

昨日、電話で簡単なものでいいから履歴書を持ってくるようにと言われ、しょっちゅう書いては出しているストックの一枚を提出した。すると、それにさっと目を通した鳳社長が一瞬、目を見開いた。

何だろう？　と思ったら第二の性別の欄のことだった。

「君はオメガだったのか……」

「はい。あの……問題があるようでしたら、このお話はなかったことにしていただいても……」

「いや、構わないよ。性別にこだわっている場合じゃないんでね」

鳳社長は履歴書にはもう興味がないというように秘書へ手渡した。

毎晩一緒に寝るということなら、僕の方から申し出ないといけないことがある。

「そういえば、失礼ですけど鳳さんはアルファですよね？」

「ああ、そうだが？」

当然とでもいうような口調だった。

「その……僕のヒート期間は、お休みを頂けますか？」

そう。僕が働く上での一番のネックがこれなのだ。

このせいで短期の仕事を転々とするしかなかったから、長期的に働くなら確認しておかないと。

しかも、相手がアルファならヒート中は絶対一緒にいる訳にはいかない。もし間違いがあった場合、訴えられて負けるのはアルファではなくフェロモンで誘った方のオメガだからだ。

「一週間もか？　それは困るな。薬を飲めば抑えられるだろう？」

「はい。でも……」

「それなら大丈夫だ。問題ない」

え。いや……副作用があるからその薬を飲めないって言おうとしたんだけど。

僕がちゃんと話さないと、と社長を見ていたら、彼が訝《いぶか》しげな顔をして聞いてきた。

「ん？　何か言っておきたいことがあるのか？」

するとその瞬間、またイラついたカフェ店長の顔が浮かんだ。〝スーツ弁償の件でお店に迷惑かけたら承知しないわよ〟の顔だ。

僕は頭の中で瞬時に考えた。この仕事がダメになればスーツの弁償の必要性が生じて、払いきれずに店長に連絡が……いや、そんなのダメだ。

「あ……いいえ。何でもありません」

仕方がない。最悪我慢して薬を飲むか注射で何とかすることにしよう。今月ヒートが来たばかりだから次のヒートまでまだ少し時間もあるし。

こうして肝心のヒート休暇の件を了承してもらえぬまま、僕は雇用契約を結んでしまった。

「まぁ何とかなるだろう」くらいに軽く考えていたのだが、これが後からトラブルの種になるのだった——


帰り際に立ち上がって頭を下げ、部屋を出ようとしたら、ドアまで社長が見送ってくれた。随分丁寧だなと思ったら、長身の彼がすっと屈んで僕の額の辺りの匂いを嗅いで一瞬で離れた。

小声で抗議する。

「もう、やめてくださいよ」

「少しくらい良いじゃないか。俺は今夜からでも来てほしいのに、君は来週まで来てくれないんだろう？　今のうちに嗅いでおかないと眠れないからな」

「今日の今日で、いきなり行ける訳ないじゃないですか」

「冷たいな。じゃあ準備でき次第、契約期間のスタート前でも構わないから、なるべく早く来てくれる？　特別にボーナスはずむから、頼むよ」

出た、イケメンの困り顔。何甘えたこと言っているんだか……

この人は、自分が魅力的なのをわかっていてこういう言い方をしているんだ。

「大きな家具の移動はないにせよ、引越し同然なんですよ？　なるべく努力しますけど、早く行ける可能性は低いと思ってください」

「やれやれ。じゃあやっぱりこうするしかないじゃないか」

肩をグイッと引き寄せられて今度は頭頂部に鼻をくっつけられる。

「ちょっと、やめてください。離してってば」

逃げようとするが腕の力が強くて逃げられない。

「つれないことを言うからだ。今のうちに嗅いでおかないと」

社長はふざけて後ろからハグして首の匂いを嗅いでくる。

「くすぐったい、やめて！」

「ああ、本当にいい匂いがする」

じゃれついてくる社長を押しのけようと必死になっていたらゴホン、と背後で咳払いが聞こえた。

そうだった！　秘書がいるのを忘れていた。

見ると、彼女は物凄い目で僕のことを睨《にら》んでいた。

あ……ヤバい。ふざけすぎて怒ってる……

「社長、そろそろ次の予定の時間が迫っております」

「ああ、そうか。それじゃあ藤川くん、連絡を待っているよ」

僕は恥ずかしくてしどろもどろになりつつ「失礼します」とだけ言って部屋を出た。

この日僕は休みだったので、契約書を書いた後買い物に出かけて、夜には幼馴染みの倉橋《くらはし》一也と会うことになった。

玄関のチャイムが鳴り、ドアを開けたらスーツの上着を脱いでシャツの袖をまくった青年が立っている。彼はベータにしてはガタイが良くスポーツ万能で日に焼けた肌が魅力的な、僕とは正反対の人間だ。

「ごめんね、一也。急に来てもらっちゃって」

「いや、何かその話だと、直接聞いた方が良さそうだったから」

僕が唯一信用していて頼れる友人の一也に、今回の仕事のことを軽くＬＩＮＥで書いて送った。するとと詳しく聞かせろと言われて、今日会うことになったのだ。

仕事帰りの一也が僕の家に寄ってくれると言うので、食事を二人分作って待っていた。それを食べながら話す。

「その社長、大丈夫なのか？　おかしくないか？」

一也は太い眉を顰《ひそ》めながら訊いてきた。

僕は社長のことを思い出しながら答える。

「うーん、ちょっとおかしな人だけど……」

「だって、いくらお前のいい匂いで眠れるって言ったって、大の男が男に添い寝させるんだぞ？」

「うん……変だよね」

「お前騙されてないか？　そいつアルファなんだろ？　ちゃんと首ガードして行けよ？　ていうかそもそも本音としては、アルファの家になんて行ってほしくないけどな」

ヒートの最中にオメガがアルファにうなじを噛まれることで、その相手と番《つがい》の関係が成立する。そうなると一生解消することのできない強い結びつきが生じ、オメガの発情フェロモンは番《つがい》のアルファにしか効かなくなる。番《つがい》が成立した後のオメガは番《つがい》のアルファ以外との性行為を体が拒絶するようになる上、オメガが番《つが》えるのは一生に一人だけだ。このため複数の相手と番《つがい》になれるアルファと比較して、オメガ側のリスクが非常に高いと言われる。

そこで不用意に番《つがい》が成立しないように、うなじを守るネックガードが存在するのだ。

だけど、それを付けるといかにもオメガという見た目になるため、今ではあまり付ける人はいない。付けるとしたら、ヒート中に他人と会わなければならない場合などに限られていた。

「ええ？　それは大丈夫だよ。僕にそういう興味がある訳じゃなくて、とにかく眠りたいだけみたいだから」

「あのなぁ……お前もうすぐ三十なんだから、いい加減気付けよ、男は狼なんだぞ」

「僕も男だけど……」

「今までの彼氏もみんな、お前のこと性欲の捌《は》け口としてしか見てなかっただろ」

「やめてよ、僕が変な人にしか好かれないのはわかってるから、古傷えぐらないで」

「心配なんだよ。お前ぼんやりしてるから」

僕はヒートの時になるべく一也に迷惑をかけたくなくて、相手から言い寄られてよっぽど好みじゃない場合を除けばその相手と付き合ってきた。相手も僕の見た目や身体目当てのことが多かったし、僕の方もただヒートの熱を鎮《しず》めてくれる人なら誰でもよかった。

だからどっちもどっちなんだ。でも、一也は身内贔屓《びいき》で僕が弄《もてあそ》ばれた被害者だと思い込んでいるのだった。

「とにかく、気をつけるんだぞ。変なことされそうになったら、殴ってでもすぐに逃げろ。ヒートの時はもちろん休み貰えるんだろ？」

「え？　ああ。うん……」

これでまだヒートの休暇は了承を得られていないなんて言ったら、何が何でもやめろと引き止められるだろう。

「その時は、俺の所に来ればいい」

「……ありがとう」

それを避けるために、なるべく彼氏を作るようにしてきたんだけどね。もうこれ以上一也に甘える訳にはいかない。

年齢的に結婚していてもおかしくないのに、僕がいつまでも頼っていたんじゃ迷惑に決まってる。

とにかく、社長と暮らしながらのヒートをどう乗り切るのかが目下の課題かな。

社長が派遣とカフェのお給料を合わせた額よりも高い金額で雇ってくれることになったので、どちらもひとまず辞めることにした。

カフェのバイトは今月末までシフトが既に決まっていたから、そこまでは出る。

ホテルの派遣の方も、来月いっぱいで期間が終わるため、そこで更新はなしにする。万が一添い寝の仕事がうまくいかず離職することになったら、また派遣会社にお世話になろうと思うので、登録は解除しないでおく。

そしていよいよ引越しの日が来た。


結局、予定通りの日程で鳳社長の住むマンションに移り住むことになった。

僕の住んでいたアパートは引き払えば良いと社長は言ったけど、彼がずっと僕と一緒に住んでくれる保証はないし、しばらくの間はそのまま残しておくことにした。

本当は家賃がもったいないから引き払いたいけど、新しい生活がうまくいくまでは念のため、いつでも戻れるようにしておきたかった。

だから、引越しといってもバックパックに衣服や洗面用具などを詰めれば終わりだ。

あまりに荷物が少なくて、直々に迎えに来てくれた鳳社長が驚いたくらいだ。

「荷物は本当にこれだけ？　これじゃ二、三泊の旅行すらできないだろう」

「これだけです。あまり物は持ってないので」

へえ、すごいなと社長はつぶやいていた。

服もいつも同じような格好しかしていないから数着分着替えがあれば十分だし、仕事もスーツを着るようなことはしていなかったから、仕事着と普段着を分ける必要もない。

だから、あとは最低限の下着と部屋着があれば十分だった。しかも、なぜかパジャマは向こうで用意してあると言われたので、それすら持たずに来たのだった。

社長のマンションは予想はしていたものの、見たこともましてや入ったこともないような瀟洒《しょうしゃ》な建物だった。ただし、建物の大きさ自体はそこまで大きくない。

コンシェルジュのいるエントランスから居住フロアまでのエレベーターは、専用のカードキーがないと動かないようになっていた。

エレベーターを降りるといきなり一軒家の玄関先みたいに砂利が敷いてあって、飛び石を数歩行くと玄関ドアがあった。

何だこれ……？

「このフロアって他のお部屋にはどうやって行けるんですか」

「ワンフロア全部うちだけだよ。だから安心して」

このフロア全部にたった一人で住んでいるの？　未知の世界すぎて、逆に不安なんだけど……

あまり大きくないマンションだと思ってそこは意外だったけど、ワンフロアに一部屋しかないなら納得だ。後から聞いたら、フロアによっては二、三部屋に分かれているらしい。

ドアを開けて中に入ると、先日契約書にサインした時に会った秘書の女性が現れた。

「こちらは秘書の秋山《あきやま》くん。俺はこれから仕事だから、部屋の説明は彼女から聞いてくれ。それじゃあ秋山くん、頼むよ」

「かしこまりました。いってらっしゃいませ」

秘書の秋山さんは軽くお辞儀して社長を見送った。

「先日もお会いしましたが、鳳の秘書の秋山凛花《りんか》と申します。よろしくお願いします」

「あ、藤川志信です。こちらこそよろしくお願いします」

「では、中をご案内しますのでどうぞ」

秋山さんはウェーブした黒髪を顎の辺りで切り揃えた女優みたいな美人で、僕と同年代くらいに見えた。白いスーツの背筋が伸びていて、立ち居振る舞いも洗練されている。

「こちらがお手洗いで、バスルームがこちら。ここは来客用の部屋で……ここが主寝室です」

モデルルームのCMでも見ているみたいだった。こんな部屋に自分が住むなんて現実感がまるでない。

その部屋だけで僕のワンルームのアパートより広いと思われる主寝室に、呆然と立った。ダークブラウンとグレーで揃えられた部屋の中央には、キングサイズのベッドが据《す》えられている。壁にはよくわからない抽象的なモノトーンの絵画が掛かっていた。ここでこれから毎晩社長と寝るのだ。

「藤川さん、次はこちらです」

声をかけられてハッとする。振り向くと秋山さんの冷ややかな視線にぶつかった。

「あ、はい」

美人だけど怖そうだな、という印象の女性だ。僕は慌てて彼女の後を追った。

「ここがリビングで、こちらはキッチンです。藤川さんはお料理はなさいますか?」

「え……と、多少は……」

「食事は基本的に、通いのハウスキーパーが用意することになっています。もちろん藤川さんの分も用意されますが、社長はキッチンを自由に使って良いと仰っていました」

「そうなんですか……」

僕の食事も用意してもらえるんだ。じゃあ食費も浮くのか……お給料が前より良い上に、待遇良すぎだな。考えてみたら、水道光熱費もかからなくなるんだ。

しばらくは元の部屋の分を支払うつもりだけど、あっちを引き払ってしまえば以前よりかなり余裕のある生活ができるようになる。もしかしてこのまま行けば、将来に向けての貯金もできるんじゃないか?

そんなことをぼーっと考えていたら、秋山さんがまたこちらを冷たい目で見ていた。

「あ、すいません。他には?」

「食事のことで注意していただきたいんですが、社長はピーナッツアレルギーなんです。ですので、もし食事を作る場合は避けるようにしてください」

「そうなんですか。わかりました」

「冷蔵庫の中の調味料などはアレルギーの出ない物なのでそのままお使いください。新しいものを買う場合はくれぐれも気を付けてください」

「はい。わかりました」

「説明は以上です。家電や室内の設備の詳しい使い方はここの棚に説明書をまとめてあるので、わからなくなったらお読みになってください」

「はい。ありがとうございます」

僕は頭を下げた。

「他に何か質問はございますか？」

「いえ……とりあえずはありません。わからなくなったら社長に聞きます」

無表情だった彼女の頬が一瞬だけ少し引き攣《つ》った気がした。

「……そうですか。それでは最後に私からひと言よろしいですか？」

「え？　はい、もちろん」

何だろう。これからよろしく的な？

「社長はこの業界ではオメガ嫌いで有名です」

「え!?　そうなんですか？」

それなら何で、僕なんかを雇うことにしたのだろう。

「そんなことも知らずに来たんですか？　はぁ……これだからオメガは……。どうやって取り入ったのか知りませんが、社長をたぶらかそうとしても無駄ですよ」

これまで丁寧だった秋山さんの態度が急に変わった。

「はぁ？　いや、僕はただ……」

取り入るどころか、ほとんど無理矢理契約させられただけですと言いたかったけど、彼女の言葉に遮《さえぎ》られた。

「同居までこぎ着けて、そのまま本妻にっていう魂胆は見え見えだわ。でもオメガ風情がバカな夢を見ないことよ。彼が本気で付き合ってきたのは優秀なアルファ女性だけ。男でしかもオメガなんて、あなたがいくら綺麗な顔をしてても宗吾さんは目もくれないわ」

宗吾さん……？

雇い主を下の名前で呼ぶ彼女に違和感を覚えた。仕事上だけでなく、プライベートでも親しい関係ということか。

「とにかく私は、あなたみたいなどこの馬の骨とも知れないオメガが宗吾さんの家に上がるだけでも虫唾《むしず》が走るのよ。何か少しでもおかしな動きをしてみなさい、すぐに報告して辞めさせてやるわ」

「……」

僕が圧倒されて何も言い返せずにいると彼女は吐き捨てるように言った。

「わかった？　その小さな頭で自分がいかに愚かで間違ったことをしようとしているか、よーく考えてみることね。じゃあ私はあなたのような底辺オメガと違って忙しいから、オフィスに戻るわ」

彼女はわざと肩でぶつかるようにして、僕を押し除けて出て行った。

怖そうなんてものじゃなかった。本物の怖い女の人だ……きっとあの人は社長のことが好きなんだろう。名前で呼ぶってことは付き合ったことがあるのかもしれない。彼女はアルファなのかな？

「たぶらかすとか魂胆見え見えとか、何なんだよ……」

上流階級ってそういうのが日常茶飯事なの？　彼女の言葉を借りると底辺オメガの僕には全くもって馴染《なじ》みのない世界の話だ。

「バカみたい。小さな頭で考えなくても、僕がこんな所場違いなのはわかってるよ」

来たくて来たんじゃないのにこんなこと言われて割に合わないよね。社長は彼女の本性をわかって雇ってるのかなぁ？

「はぁ……憂鬱だな」

不安で仕方なかった社長との生活だったが、ここに来て僕の味方をしてくれるのは社長しかいないと思い知った。

そのせいかさっき会ったばかりなのに不思議と早く彼が帰ってこないかと待ち遠しく感じた。

引越し当日は衣服を指定された部屋のクローゼットに掛け、バスルームに洗面用具などを置いたらもうすることがなくなってしまった。暇なので掃除をしたり、部屋の探検をして過ごした。

広すぎるリビングでぽつんとソファに座り、家電の説明書をパラパラと捲《めく》っていると二十三時頃、ようやく玄関ドアを開け閉めする音がした。

僕はもう夕食も済ませてお風呂に入り、買っておいてくれたパジャマを着てあとは寝るばかりになっていた。

「やっと帰ってきた！」

僕はあの後もずっと秋山さんに言われたことがひっかかって悶々《もんもん》としていたので、自分に否定的じゃない誰かに会えることが嬉しくてパッと立ち上がった。

「お帰りなさい」

廊下に顔を出して社長に挨拶すると向こうはちょっと驚いた顔で答えた。

「ああ、ただいま」

「お食事、召し上がりますよね？　それともお風呂が先ですか？」

僕がそう言うと社長は「ふっ」と吹き出した。

何がおかしいんだ？　と僕が困っていると彼が謝った。

「悪い、新妻みたいで可笑しくて」

「なっ……！」

僕はせっかく初日だからちゃんとしないとと緊張していたのに、茶化されてムッとした。

「じゃあもういいです、ご自分でお好きにどうぞ」

そうだった。僕の仕事は一緒に寝ることだけ。出過ぎた真似だった。

恥ずかしさと気まずさで踵を返しリビングに戻ろうとしたら、手首を掴《つか》まれ身体を引き寄せられた。

あっという間に僕は社長の身体にすっぽりと包まれてしまった。

「拗《す》ねるなよ、藤川くん。出迎えてくれると思わなかったから、ちょっと照れ臭かったんだ。ああ、いい匂いだ……癒やされる」

そのままこっちに体重を預けてもたれかかってきた。

「わ！　お、重いです！」

ふざけて……もう。

「ダメだ。このまま抱きしめてたら、寝てしまいそうだ……」

社長は名残惜しげに身体を離し、ネクタイを解きながら先程の質問に答えた。

「先に食事にする」

「はい、それじゃ温めますね」

ハウスキーパーの中村《なかむら》さんが作ってくれた料理を温め直してダイニングテーブルに並べる。今日は焼き魚と煮物といくつかの小鉢が用意されていた。

お味噌汁とごはんをよそったところでちょうど良くルームウェアに着替えた社長が現れた。ラフな格好は初めて見るがスーツを脱ぐと普段より一層若く見えた。

部屋が広すぎて一人でいると落ち着かないので、僕もお茶を入れて社長の向かいに座る。

「人に見られながら晩飯を食べるのは、不思議な感じだな」

「あ……すいません。邪魔だったら、あっちに行ってます」

立ち上がりかけた僕を社長は引き止めた。

「いや、いいんだ。できれば隣に来てくれた方がいいけどね」

「え？」

「隣の方が近いから。ほら、匂いが」

「ああ……」

来いということなのかよくわからなかったので、僕はそのまま向かいに座っていた。

「そういえば、藤川くんは二十九歳なんだな。今更だけど、敬語を使った方がいいかな？」

「はい？」

「俺は二十八歳だから、年下なんだ。タメ口だと失礼かな？」

「え⁉　社長って、僕より年下だったんですか⁉」

実は若いかもとは思っていたけど、まさか年下だとは――

「ああ。俺もてっきり君は……いやあなたは二十代前半くらいだと思ってたから、上から目線でずっと喋っていて申し訳ない……です」

オメガの人間はアルファを誘うためなのか、見た目が美しく年齢より若く見える人が多い。僕はそこまで飛び抜けて美人という訳じゃないけど、実年齢より若く見られることが多かった。

「いえ……別にそれは全然構わないです」

そうなんだ。年下かぁ……でも社長に敬語で話される方が気持ち悪い気がする。

「あの、社長は僕の雇い主なので、敬語はやめてください」

「そうか？　じゃあそうさせてもらうよ。あと気になっていたんだが、その社長というのをやめてもらいたい」

「え？　でも社長は社長じゃ……」

どうしろと？

「家に帰ってまで、仕事の気分を味わいたくない。何のために君を雇ってると思うんだ。リラックスしたいんだから、役職名で呼ぶのは禁止する」

なるほど、それもそうか。

「はい。じゃあ、鳳さんで」

「いや、それも他人行儀だな。これから一緒に暮らすんだから、家族も同然だ。下の名前で呼び合うことにしよう」

「ええ……？　でも、仕事で一緒に暮らすだけなんですよ」

「じゃあ、なおさら雇い主の言うことを聞く必要があるよな。志信？」

名前を呼ばれてドキッとした。呼び捨てか……まぁ何でも良いけど。

「わかりました……宗吾さん」

「呼び捨てで構わない。あと、敬語もいらない」

「は？　そんなの無理ですよ」

「こちらもそうするから、呼び捨てにタメ口で決まりだ」

「宗吾……？」

「うん、その方がいいね」

そうやって下の名前で呼んでみたら、日中秋山さんに言われたあれこれを思い出してしまった。

「そういえば、秋山さんって……」

「ああ。ちゃんと案内してくれただろう？　彼女はベータだが、なかなか優秀でね。何か困ったことがあったら、何でも彼女に頼んでくれ」

「え？　家のことでも？」

「ああ。何か故障したり、足りなくて買ってほしい物があれば、彼女に言えば全て手配してくれるから」

「そうなんだ……あの……私生活のサポートも秘書の仕事なの？」

社長──もとい宗吾は箸を止めて怪訝《けげん》そうな顔でこちらを見た。

「それで何か問題でもあるのか？　俺が家の雑事に煩わされず、仕事が捗《はかど》るように彼女が動いてくれているんだ」

「そう……社長と秘書って、意外と親しいんだね。もっとこう、ドライな関係かと思ったんだけど」

「ん？　ああ……何だ、そういうことを気にしてたのか。俺と彼女は付き合ってる訳じゃないぞ。何度か寝たことはあるが」

「えっ」

そこまで聞こうとした訳じゃなかったので、ちょっと驚いた。やはり身体の関係があったのか……

「ふふ、志信は意外とそういうことに興味があるんだな。自分の使ってるシャンプーもすぐに答えられないし、引越ししても何も持って来ないし。何にも興味がなさそうに見えたのに」

「べ、別にそういう訳じゃ……」

下世話な人間と思われたみたいで、恥ずかしい。

ただ、秋山さんのあの態度が気にかかって、宗吾とどんな関係なのかと思っただけだ。いやらしい詮索が趣味な訳じゃないんだけどな。

「彼女はベータだが、アルファ並みに仕事もできてプライドも高い。申し訳ないが、はっきり言って君だと彼女の好みからは大分外れるだろうな」

は？　待って、この人僕が彼女狙いだと思ってるの？

「しゃちょ……宗吾、僕は別に彼女とどうにかなりたいとか、思ってませんからね！」

「そうか？　でも良い女だろ。まあ、付き合うにはあのプライドの高さと自己顕示欲が鬱陶しいけど」

はぁ……部下のことそんな風に思ってるんだ……

僕は大きな口で煮物を美味そうに食べる宗吾の整った顔を眺めた。

「ああ、もしかして、君の恋愛対象は男か？　オメガだもんな」

彼は普通にノンケの男友達と話している感覚になっていたのだろう。

いきなり性的指向の話になって面食らったが、たしかに僕の恋愛対象は男だった。

「そうです。すいません、気持ち悪いですか？」

「ん？　いや、他の男なら気味悪く感じるかもしれないけど、志信なら大丈夫」

「……なぜ？」

「さあ。いい匂いがするからかな」

はぁ……？

「あ、そうだ。何で志信は番《つがい》の相手を作らないんだ？　もう二十九歳なのに」

「何でって……そんなの決まってるじゃないですか。こんなどこの馬の骨とも知れない貧乏オメガを番《つがい》にするような物好きなアルファなんて、いないんですよ」

僕は秋山さんに言われた言葉を借りて自分を卑下した。

「へぇ、そうなの？　志信はすごく綺麗だから、色んなアルファに言い寄られてるのかと思った。こんなにいい匂いだし。ラッキーだな」

宗吾は口元をほころばせた。

──え？　すごく綺麗？

匂いに引きずられて、美的感覚狂ってるんじゃ……

「ラッキーって、何がです？」

「君が誰かのものになる前に、俺が見つけられてラッキーだったたってこと」

「はい？」

「だって、他のアルファの番《つがい》をこうやって家に囲って独り占めする訳にいかないだろ」

宗吾は魚の骨を綺麗に取って食べた。その様子からは、育ちの良さが窺《うかが》える。

こんな綺麗な食べ方をする人なのに、人をおもちゃか何かのように見つけただの独り占めするだの……アルファの人とこんな風に話したことがなかったからよくわからないけど、これが彼らにとっては普通なのかもしれない。

気に入った獲物を見つけて狩る遊び。

オメガを番《つがい》にするのも、彼らにとってはただの嗜《たしな》み程度の感覚なのかもしれない。オメガにとっては一生に一度のことだから、そんなに簡単に番《つがい》になんてなれる訳ないのに。

「それにしても、オメガとあんまり関わったことがないから、こうやって生の声を聞くのは初めてだな」

「あ。それ、僕も今全く同じこと思ってました。アルファの人の話って、あまり聞いたことなくて」

「そうなのか。俺の会ったことあるオメガといえば、とにかくアルファの気を引くのに必死で、酷い時だとわざと発情中に襲われそうになったこともあるよ。こうやって普通に話せるオメガは、俺の周りにいなかったから新鮮だ」

「そんなのは……オメガの中でも変わった人だと思うけど……」

「そうか？　みんなこんなもんだろ。志信みたいに、アルファに媚びないオメガの方が珍しいんだよ」

そうなのかな。考えてみたら親しいオメガって自分の母親くらいだったから、普通のオメガのことをよく知らないだけかもしれない。

遅い夕食の後、宗吾はお風呂に入り、僕はその間食器の洗い物をした。

翌日ハウスキーパーが来て洗ってくれるからシンクに置いておけばいいと言われたけど、気になって仕方ないので自分で洗う。

その後、寝室で待つべきなのか起きてリビングにいるべきなのか迷った。さっき宗吾が帰宅するまでは早く帰ってきてほしかったが、今はお風呂から上がって来られるのがちょっと怖い。ただ一緒に寝るだけだし既に一度寝たことがあるけれど、自分がオメガだということと性的指向を知られてから一緒に寝るのは初めてなのだ。

――しかも秋山さんによると、宗吾はオメガが嫌いなんだよね……

さっきの話を聞けば何となくオメガが嫌いになる理由もわかる気がする。とにかく僕は彼に欲情しないように気を付けねばならない。ヒートのときじゃなければ大丈夫なはず。宗吾の見た目は好みだけど、性格は何を考えているかさっぱりわからないしその気がない相手に性的欲求を感じたことは今までなかった。

先程読みかけていたインターホンの説明書を見るともなしにページを捲《めく》りながら考えていたら、お風呂から上がってきた宗吾が僕の座っているソファのすぐ隣にドサッと腰を下ろした。

「はぁ、疲れたな。いつ来てくれるかと待っていたのに志信が連絡をくれなかったから、一週間眠れずに過ごしたんだぞ」

見ろよこのクマ、と言って目の下を指さして見せつけてくる。でもそんなこと僕のせいみたいに言われても……

濡れた髪の毛をタオルで雑に拭きながら宗吾が僕の肩をぐっと引き寄せ、自分の体にくっつけた。僕は頭を彼の胸の辺りに乗せるような形でもたれかかった。

まるで恋人が甘えてそうしているような姿勢になっていて顔が火照る。いや、心頭滅却だ。彼はただ匂いを近づけたにすぎない。僕はアロマ……ただのアロマだ……

「不思議だな。同じシャンプーとボディソープを使ったはずなのに、何でこんなにいい匂いがする？　実は不安だったんだ。もし君を連れてきて、うちのバスルームにあるものを使ったら違う匂いになってしまうんじゃないかってね。でも杞憂《きゆう》だったな」

「そ、そう？　よかったね……」

彼はそのまま僕の頭に直接鼻をくっつけるようにしてしばらく堪能していた。

今日はお風呂に入った後なので汗臭いということもないだろうし、僕は逃げることなく彼の好きにさせることにした。

とはいえ、髪の毛も乾いてないのにいつまでもこのままでいる訳にもいかない。

もうそろそろいいよね……

「疲れてるんですね」

「まあな」

「髪の毛、乾かしてあげましょうか？」

「ははっ。サービスがいいね」

「それなりのお給料を頂くのに、何もしないのは気が引けるし」

本当はこの体勢が恥ずかしくて抜け出したかったのもある。僕はそっと彼の顔をどかせて立ち上がり、ドライヤーを取ってきた。

髪の毛を乾かされながら宗吾が言う。

「そんなことを言うと、俺が何でも頼むようになって君は自分の首を絞めることになるぞ」

「ふふっ」

前髪を下ろすと、宗吾はたしかに僕より年下のように見えた。疲れている上僕の匂いを嗅いだせいで眠くなってきたのか、いつもは鋭い二重の目がちょっと垂れ下がって彼の雰囲気を和らげている。

髪の毛が完全に乾く頃には、彼はうつらうつらと船を漕ぎ始めていた。

「さぁ、こんな所で寝ちゃダメですよ。寝室へ行きましょう」

「ああ……一瞬眠ってた……」

眠そうに頭を振り、目をこする宗吾を引っ張って寝室へ連れて行く。こうしていると甘ったれの子供みたいだ。僕も小さな頃よく母親にもう寝なさいと怒られて、眠い目をこすりつつ手を引かれ寝室に連れて行かれたたっけ。

大企業のトップである彼が、眠くなるとこんなにふにゃふにゃになって男の僕に甘えるなんて、誰も想像すらしないだろう。

アルファらしい性差別的思想をちらつかせるときの彼は理解不能で苦手だが、こうやって腑抜けたところは好感が持てた。この先一緒に寝るのなら、苦手な相手よりは多少なりとも愛着の湧く相手である方が気が楽だ。彼の良い所をなるべく見つけて少しでも好きになるよう努力しよう。もちろんそれは恋愛感情ではなく、家族のような「好き」のことだ。オメガとかアルファという生殖本能由来の欲望を超えて、彼の人間性を好きになれたらいいなと僕は思った。

二人でベッドに入る。

「どっち側に寝ればいいの？」

「うーん、こっちかな」

宗吾が窓側、僕はドアに近い側に横になった。

僕が仰向けになって天井を見ていたら、宗吾が「うーん」と唸《うな》って考え込んだ。

「いや、やっぱりこっちにしよう」

そう言って僕の身体をひょいと持ち上げて自分の反対側に置き直した。まるでぬいぐるみ扱いだ。

彼は腕を僕の腹に巻き付けたまま、抱き心地を確認して言った。

「よし、これでいいだろう」

どうやらこの配置で落ち着いたようだ。僕が窓側になった。

「僕はどっち向きに寝たらいいですか？　背中向きでいいの？」

恥ずかしいので、できれば背中を向けたい。

「好きにして構わない。本当に、志信は横に寝ていてくれさえすればいいんだ」

「わかりました」

「俺が勝手に匂いを嗅がせてもらうから、じっとしていて」

「……はい」

とりあえず彼に背中を向けた。仕事だから仕方がない、我慢するんだ。抱き枕に徹する。

すぐにまた、彼の手が僕のお腹に回ってきて、ぴったりと身体をくっつけられた。そしてうなじや頭や頬に顔を擦《こす》り付けるようにして匂いを嗅がれる。

買ってくれたパジャマはサンドベージュのシルク素材の物で、こうして添い寝してみると肌触りの良さで宗吾が僕にこれを着せたかったのだとわかった。宗吾もブラックのお揃いのパジャマを着ているのだが、しっとりと肌に吸い付くような手触りで、身体が密着すると何とも言えない心地良さなのだった。

眠そうな声で宗吾が言う。

「志信……来てくれてありがとう……これで眠れる……」

「ん……は、はい……」

耳元で喋られて吐息がかかる。くすぐったいし恥ずかしい。

いや、正直に言おう。ちょっと興奮する。

だって、こんないい男が僕を抱きしめて、頬や首筋に鼻を擦《こす》り付けてくるんだよ。キスされているみたいに錯覚しちゃうんだ。僕は何とか身体が反応しないように耐えるのに必死だった。

早く寝てくれ……!

目をぎゅっと瞑《つむ》って身体を固くしひたすら我慢していたら、程なくして背後から寝息が聞こえてきた。

僕のうなじに鼻を突っ込んだまま彼は眠っていた。一週間寝不足が続いていたせいか、想像以上に早く寝てくれてホッとした。

「ふぅー……」

僕は細く息を吐いた。

これ、結構キツい仕事かも……。毎晩このイケメンに抱きしめられてキスされるのに（正確には匂いを嗅いでいるだけだけど）興奮しちゃダメなんて拷問じゃない？

「やっぱり、やめておけばよかったかも……」

でも、もうカフェには辞めると言ってしまった。

僕が辞めると言った時の店長の顔を思い出す。

最初は怒っていた。勝手に辞められたら困るってね。だけど、スーツの弁償の代わりに責任を取って、辞めることになったと伝えたら、ちゃんと責任を取るなんて偉いと急に手のひらを返したように微笑んで了承してくれたのだった。実際、宗吾の要望で辞めることになったのだから嘘はついていない。

あの怖い店長からやっと解放されたと喜んでいたけど、今度はもっと怖い秘書の秋山さんが僕の目の前に現れた。職場自体が違うので顔を合わせることはほとんどないと思うけど、僕が何かしたらすぐに辞めさせてやるなんて言ってたよな……どこに行っても一人はああいう女性に会っちゃう運命なのかなぁ。ついてないや……

ちょっとささくれ立った気持ちになったものの、背中の体温は心地良かった。それに、お風呂に入った後でもやはり宗吾の匂いは以前一緒に寝たときと同じく僕好みだった。香水ではなくこの家のボディソープでもなく、これはどうやら彼の体臭のようだ。

「僕も宗吾の匂いフェチが移ったみたい……？」

その後は知らぬ間に眠っていた。

## 第二章　無能なオメガは従順なペットを目指す

目が覚める直前のふわふわした感覚の中で、僕はいい匂いに包まれ幸せな気分に浸っていた。

今日は早番？　遅番だっけ？　アラームがもうすぐ鳴る頃かな……

あったかいし……起きたくないなぁ……

いい匂いのする目の前の布団に顔を擦《こす》り付ける。

「ん……？」

何だ、目が覚めちゃった。

あれ……夢かと思ったけど、リアルにいい匂いだし、あったかい？

だけど目覚めたのに目の前が真っ暗だ。何で……？

しばしぼーっとしていたら頭にキスされた。

「え……？」

目線を上げると、逞しい首元と美しい男の微笑む顔が見えた。

僕は息を呑んだ。真っ暗だと思ったのは宗吾の黒いパジャマだった。後ろ向きに寝たはずが、いつのまにか宗吾の方を向いて寝ていたらしい。

　頭にキスされたと思ったのは、単に匂いを嗅がれただけだった。

「あ、や……僕……」

「目が覚めたか？」

「あの、すいません！　ごめんなさい離れます」

　僕は宗吾の胸から身体を引いて離れようとした。すると、宗吾は背中に腕を回して後ろに下がれないようにしてきた。

「いいじゃないか。猫みたいにすり寄ってきて可愛かったよ」

　くつくつと笑っている。いい年をした男がすり寄って可愛いも何もある訳がない。

「すみません……以後気を付けます」

「おいおい、また敬語になってるぞ。それに俺は君の匂いが気に入ってるんだから、くっつかれて嫌な訳ないだろう？　気にするな」

「はい……」

「ほら敬語」

「うん、わかった」

「よろしい」

　やっと腕を離してくれたので身体を起こす。頭がはっきりして思い出したけど、今日はホテルの中番だから朝はさほど急がなくても良い。

「しゃちょ……宗吾はいつから起きてたの？　起こしてくれたらよかったのに」

「あんまり気持ち良さそうだったから、起こすのも可哀想でね」

たしかに気持ち良かったです……はい。

気まずくて咄嗟に、前回寝起きの悪かった宗吾のことを引き合いに出した。

「き、今日は寝起きが良いんだね。この前は、頭突きするまで起きなかったのに」

「ああ、あれは強烈だったな。しばらくここに赤く痕《あと》が残ってたぞ」

彼は血管の浮いた骨張った手で額を撫でる。

「そうなの？　ごめんなさい……」

自らあの時のことを蒸し返して墓穴を掘ってしまった。

宗吾はおでこを覗き込む僕を見てニヤニヤと笑っていた。からかわれたのだ。

「嘘なんですか？」

「ふん、あれくらいで痕《あと》が残るか」

「もう、何でそういう嘘をつくんです？」

「志信を見てると、どうもからかいたくなるんだよ」

そして宗吾は寝たまま僕の腕をぐっと引っ張った。

「うわっ！」

支えを失って僕は宗吾の胸の上に倒れ込んだ。

「何す……」

彼は突然僕の頬を舐めた。

「!?」

「ふーん、甘い匂いがすると思ったから舐めてみたが、味は甘くはないな」

「なっ……な……なな、何するんですか!?」

「いや、いつもとはまた違う甘い匂いがした気がして。でも気のせいみたいだ」

もう一度確認するかのように僕の顔を両手で掴《つか》んで、頭や首の匂いを嗅いでいる。

僕は羞恥で身体中熱くなるのを感じた。

「ああ、また肌が赤くなってる。うーん、いい匂いだ。そんなに俺に嗅いでもらいたい？」

「バカなこと言わないでください！　社長が変なことするから、恥ずかしかっただけです！」

「ああほら、また敬語になる。志信は頭に血が昇ると、すぐに忘れるんだな」

宗吾は意地悪く言ってまた僕の首筋に鼻をつけた。

「そっ……そんなこと……」

毎朝こんなやり取りをしなければいけないなら、身が持たない。

少なくとも、派遣の仕事が終わるまではもっと普通に起きられるように話し合わないと。

そしてその日、僕はホテルの仕事を終えて帰宅した。

「あ〜あ、また今日もミスばっかりだったな」

スマホを見ると宗吾からメッセージが届いている。

珍しく仕事を早く終われそうで、十九時には上がるから、帰ったら一緒に晩ごはんを食べようとのこと。

この広い部屋で一人で食事するのは寂しいので、ちょっとホッとした。

キッチンでペンネを茹《ゆ》でたり、サラダをお皿に盛り付けたりしていたら、宗吾が帰ってきた。

手が離せないため、今日は出迎えするのはやめておく。

すると宗吾がキッチンに直接やって来た。

「何だ、いるじゃないか。今日はお出迎えはなしなのか？」

「あ、お帰りなさい。えっと、水を使ってて、手が濡れてたから……」

「そんなの、拭いたらすぐ来られるだろう？」

え……昨日は待ちくたびれていたから出て行っただけで、今日は食事の仕度中なんですけど。

「もう、わかったよ。明日からはちゃんとお出迎えしますから。ほら、早く手を洗って来て」

僕は洗えるものを先に洗ってしまおうとスポンジに洗剤を付けた。

「ああ。じゃあその前に少し」

シンクに向かっている僕の背後に立った宗吾は、腰を両側から押さえてうなじに鼻をつけてスーッと深呼吸した。

「あ……んっ」

ゾクゾクっとして膝の力が抜けそうになる。不意打ちされたせいで変な声が出てしまい動揺した。

「な、何するの!?」

首を押さえて振り返り、宗吾を睨《にら》む。

「いや、すまない。ちょっと匂いを嗅ぎたかっただけなんだが……ずいぶん色っぽい声が出たな」

カァッと頬が熱くなる。

「もう、遊んでないで早く手を洗って来て！」

オメガのうなじは噛まれることで番《つがい》が成立する場所であり、性感帯なのだ。気を付けていればあんな声は出さないが、油断した。

気持ち悪がられたじゃないか。でも、急にあんなことするからだよ……

やれやれ、オメガとアルファが一緒に住むんだから、ちゃんとルールを決めないとダメだな。


食事の前に、僕は宗吾と今後のルールについて話し合っていた。

「ということで、キッチンでいきなり匂いを嗅ぐのは禁止します。包丁を持っていたらどうするの？　危ないでしょ」

「ああ……はいはい。わかったよ」

宗吾はちょっと面倒臭そうだった。

「それと、オメガのうなじはえっと……その……噛まれると番《つがい》になるでしょ？」

「そうだな」

「だからその……気持ち良くなっちゃう場所なの。そういうところをああやっていきなりクンクンされたら……恥ずかしいから、ダメ」

「あー、そういうことか。悪かった」

またニヤニヤしてる……

「ちょっと。オメガのことバカにしてるの？」

「してない、してない」

「はぁ。じゃあ食べましょうか」

「ああ。いただきます」

「いただきます」

今日は、ボロネーゼソースのペンネとサラダに野菜スープという夕食だった。

今までは、帰宅後すぐに食べられて温め直しが可能な物しか作り置きできなかったようだけど、僕が来てからはパスタなど直前に茹《ゆ》でるような麺類もメニューに加えられると、ハウスキーパーの中村さんが言っていた。

「サラダのドレッシングって、これでいい？」

「ん？　どれでもいいよ、志信の好きなので」

「あ、このスープ美味しいね。今度中村さんに作り方教えてもらおう」

「料理は得意なのか？」

「え？　ううん、得意ってほどではないよ。節約のために自炊はしていたけど」

「なぁ、ちょっと疑問だったんだけど、あんなに働いて、あんなボロアパートに住んでて、何でそんなに切り詰めないといけないんだ？　金を貯め込んでるのか？」

僕はびっくりしすぎてフォークを取り落としそうになった。

お金を貯め込む!?

「はぁ……お坊ちゃんはこれだから……」

「おい、アルファをバカにしてるのか?」

「してるよ。オメガの薬代が一体いくらかかると思ってるの? それに、僕は正社員じゃないからヒートで休むのに有給なんてないし、保険料とかも結構高いし……大体宗吾がお給料いくらなのか知らないけど、僕みたいな高卒オメガの給料なんて、いくら働いても雀の涙程度なんだからね」

「それ、威張って言うことかよ。だから俺はオメガが嫌いなんだ。努力したらいいじゃないか。大学に行って、正社員として活躍してるオメガも今どきたくさんいるだろう?」

僕はちょっとだけ宗吾に気を許したことを後悔した。こんな話、しなければよかった。彼らアルファに、しかも上流階級のアルファである宗吾に理解される訳もなかったのだ。

「いくら言ってもわからないと思うけど、これだけは言わせて。大学に行けるオメガなんて、元々裕福な家庭生まれのお坊ちゃんだけ。オメガ全体の、ほんの一握りだよ。僕みたいなオメガの片親に育てられた底辺オメガは、高校を卒業するだけでも精一杯だったんだ」

母親の痩せ細った背中と、バイトしながら学校に通った高校生の頃の自分を思い出したら目に涙が浮かんできた。

でもここで泣いたら、またオメガは媚びてるって思われるから、僕はぐっと泣くのを堪《こら》えた。

これ以上話すと涙がこぼれそうなので、僕は黙ってペンネを口に詰め込んだ。さっきまで美味しかった食事が、まるで砂でも食べているみたいに味気なく感じられる。

宗吾が僕の顔を覗き込んだ。

「……ごめん志信。そうとは知らなかったんだ。怒ったのか？」

「いえ、怒ってません」

怒った訳じゃない。勝手に期待してがっかりしただけだ。

飲み込んでまたペンネを口に突っ込む。ゴムを噛んでいるみたい。

「志信……悪かった。俺はオメガのこと、何も知らないのに無神経だった。本当にごめん」

「……」

向かい合って座っていた宗吾が席を立って僕の横に座った。頭を抱きしめられて、とうとう堪《こら》えきれずに僕は涙をこぼした。

「ごめん。泣かせるつもりじゃなかった」

「泣いてません……」

涙を見せて相手に謝らせるなんて卑怯だってわかっているけど、涙が止まらなかった。

宗吾は黙って僕の頭を撫で続けてくれる。

彼の言葉には傷ついたけど、こうやって寄り添ってくれるアルファもいるんだと少し心を動かされた。

「ゴホッ」

すると僕を撫でていた宗吾が突然咳をした。

食べ物にむせたのかと思ったけど、そのまま更に咳き込んでいる。

「ゲホ……ゴホッ」

僕が顔を上げると、彼の様子に違和感を覚えた。

「宗吾、目の周りが赤い……？　唇も赤いっていうか……腫れてる？」

「ん？　そういえば、ちょっと痒いな……ゲホッ」

宗吾が自分の目をこする。

「大丈夫？」

宗吾はグスグスと鼻もすすり始めた。そして自分で気がついて言った。

「くそ、アレルギーか！」

「アレルギー……」

そういえば秋山さんが、宗吾はピーナッツアレルギーだと言っていた。

でも何で？　どれが？　僕は今夜の食卓に並んでいる料理を見た。

ハウスキーパーの中村さんはもちろん彼のアレルギーを知っているはず。それに秋山さんは冷蔵庫にある調味料は大丈夫って……

「あ……まさか……」

僕はさっきサラダにかけたドレッシングを手に取った。

そしてラベルのアレルギー表示に『落花生』の文字を見つけてゾッとした。

「宗吾どうしよう……サラダのドレッシングに落花生入ってた……！」

その時には宗吾は涙目で咳き込んで苦しそうに息をしていた。

「ゴホッ……救急箱に……エピペンがあるから……」

「わかった！」

救急箱はリビングのキャビネットに入っていると秋山さんから聞いていた。僕は急いで取ってきて蓋を開ける。

「持ってきたよ。宗吾、エピペンってどれ？」

「これだ。貸せ」

宗吾はゼーゼー息をしながらスウェットを脱いで、太腿《もも》にペン状の注射器を突き刺した。

すると、次第に呼吸が落ち着いてきた。

「救急車を呼んだ方が良い？」

「いや……これ打ったから、タクシーで大丈夫だ」

「わかった、すぐ呼ぶね」

僕はタクシーを手配し、到着次第すぐ出かけられるように保険証などを用意した。

宗吾は目の腫れや手足に蕁麻疹が出ていたが、意識もはっきりしていて咳も出なくなっていた。

タクシーで一緒に病院に行って、待合室で座って待つ。

僕は待っている間怖くてずっと震えていた。とても健康そうに見えた宗吾に突然アレルギーの症状が出てびっくりしてしまったのだ。

しかも、僕があのドレッシングをかけちゃったから……

――でも、秋山さんは冷蔵庫に入ってる調味料は安全だって言ってたのに、何で？

僕はまだ宗吾と住んでから食料品を自分で買ってきたことはなかった。

でもそれは言い訳にならない。だって、かける前にちょっとボトルの表示を目で確認すれば気付いたことだから。

どうしよう……僕がちゃんと確認していたら、こんなことにならなかったのに。

宗吾は点滴を打ってもらって、その日のうちに帰ることができた。

帰りのタクシーで僕は頭を下げた。

「ごめんなさい。僕がちゃんと確認しないでドレッシングかけちゃったから、こんなことになって……」

「え？　ああ、いや別に志信のせいじゃない。あれを買ったのは君じゃないだろう？」

「うん、でもちゃんとボトルに書いてたのに、見なかったから」

「俺も自分で確認しなかったからな。気にするな」

「でも……」

「いいんだよ。あとは薬飲めば治るから。次から気をつけよう。な？」

「うん。ごめんね……」

宗吾は僕のことを責めなかった。でもそれが逆に僕の罪悪感を煽った。

帰宅後、宗吾はまだ蕁麻疹が出ていたので軽くシャワーで流すだけにし、その後僕がお風呂に入った。

お風呂から上がってリビングに行くと宗吾の姿はなく、もう寝室にいるのだと思って電気を消して僕も寝室に向かった。すると部屋のドアが半分開いていて宗吾が誰かと電話している声が聞こえた。

「え？　ああ。大丈夫だよ、点滴打って終わりだ。いいんだよ、好きで同居してるんだ。無能なオメガでも役に立つことがあるんだよ。うん……うん……。ははっ！　まぁそういうこと」

『無能なオメガでも役に立つことがある』……？

僕はこの言葉を聞いてショックを受けた。さっきはああやって僕に謝って慰めてくれたけど、やっぱりオメガなんて無能だと思っているんだ。

そして、それは正しかった。僕は食品のアレルギー表示すら確認を怠る無能なオメガだから。

宗吾は優しいから、僕に直接怒りをぶつけたりはしてこなかった。でも内心オメガは無能だと思っていると知っただけで、さっき失敗してしまったことが無性に悲しくなった。

何で僕は、こんなことすらちゃんとできないの？　ぼけっとしているっていつも怒られてきたから、自分がダメなことはわかっているのに。

宗吾が何しても怒らないからって甘えていたんだ。こんなことだから、オメガは無能だって言われるんだ。

立ち聞きしたのがバレないように、僕はそっと足音を立てずに一旦リビングへ戻った。

そして、宗吾の電話が終わる頃を見計らって寝室に戻った。

その夜はなかなか寝付けなかった。

宗吾は多少顔や手足に発疹が残っていたが普段と変わらぬ様子で、僕の匂いを嗅いだらすぐに寝てしまった。

僕が無能だろうが有能だろうが、彼には関係ないのだ。ただ抱き枕として機能していればそれで良いんだから。

僕は、彼に何を期待してがっかりしているんだと自分でも呆れてしまう。

これは仕事なんだから、僕は抱き枕に徹して精神的な繋がりなんて求めなければ良かったのだ。彼が「家族同然なんだから」と言うのを真に受けて、名前で呼び合ったりタメ口をきいたりしたせいで、急に仲良くなれたように勘違いしてしまった。でも結局、それは錯覚に過ぎない。

彼にとって、僕はペットやぬいぐるみでしかないのだ。

だから、僕がドレッシングをかけ間違えても怒りもしない。猫が粗相しても、いちいち怒ったりしない飼い主みたいなものだ。

別にそれで何が悪いんだ？　僕はミスをしたのに怒られなかったんだから、万々歳じゃないか。これがカフェの店長だったら、ガミガミ怒られて後からもネチネチ言われるところだ。

なのに、何でこんなに胸が痛いのだろう。

あのドレッシング、一体何だったんだ？　あの後見てみたけど、中蓋が開いているのにほとんど減っていなくて新品に近かったように思う。大体なぜあれだけ落花生入りだったんだろう。他のボトルも調べたけど、使いかけの物はどれもアレルギー表示に落花生の入っているものはなかった。そして、冷蔵庫のドレッシングを使う人は今まで宗吾以外いなかったはずだ。やっぱりあんなのが一本だけ混じってるなんておかしいよね。

まさか秋山さんが……？

彼女の僕に対する侮蔑の視線を思い出す。

わざと僕が失敗したように見せかけて追い出そうとしたとか？

そんな、まさかね。だって、そんなことしたら宗吾を危険な目に遭わせることになるんだよ。

でも……上流階級の人たちの争いなら、こういうこともあったりするのかな……？

「はぁ……」

ダメだダメだ。自分の失敗を人のせいにしない！

たとえ秋山さんが僕を陥れようとしていたにせよ、僕が気付いていれば避けられたことだ。

どんなに後悔しても、もう遅い。起きてしまったことは変えられない。またこんなことがないように気を付けるだけだ。

それから、宗吾と人間として対等な付き合いをしようと思わないこと。

僕はただの抱き枕、ぬいぐるみ、良くてもペットの身分。だからもう、失敗しようが何をしようが恥ずかしいこともない。

そうだ。そう思えばいいんだ。オメガとかアルファ以前の問題だ。僕は彼のペットで、ただ気楽に笑いながらベッドで寝ていればいい。

宗吾は多少変わったところはあるけど優しいし、ボディタッチが多くてびっくりする以外には嫌なことはされないし、困ることも何もない。

触られて気持ち良くなるのも堪《こら》えよう堪《こら》えようとしていたけど、もうどうでもいい。気持ち良いならそれで良いじゃないか。ペットが撫でられて喜ぶのと同じだ。

何となく気持ちの整理がついた。

これでまた、明日から宗吾と笑って話せると思う。

何を言われようと何をされようと、僕はもう気にしない。

◇　◇　◇

「ん……ぁあ……」

誰かが僕のことを後ろから抱きしめて耳を舐めている。そのまま首筋も舐められ、下腹部に熱が集中しかける。

気持ちいい……

「あ……ん……」

後ろにぴったりと張り付いている人物の股間が硬くなって、僕のお尻に当たっている。

何だっけ？　ヒートで一也が来ているんだっけ？

でも、何か違う。何だろうこの肌触り……絹みたいな……パジャマ？

そうだ。シルクのパジャマだ。

——宗吾の。

僕はハッと目を覚ました。背中には宗吾の身体が密着していて、勃《た》ち上がったモノが尻に押しつけられているのだ。男だから朝勃《だ》ちするし、それは仕方ない。でもこの体勢であちこち舐めるのはやめてもらいたい。

「そ、宗吾……離して」

「ん？」

寝ぼけているんだ。前にも僕の部屋で、寝ぼけてキスしてきたことがあった。

宗吾は覚醒している時には、こんな性的な触り方はしてこない。

僕はお腹に絡みつく腕を外そうとする。しかし、腕力が強くてなかなか外れない。

そうしているうちに、また宗吾は寝ぼけて僕の頬を舐めだした。

「やめて、宗吾！　起きて」

「まだいいだろう？　今日は午前中休みにしたから……」

喋ってる!?　起きてるの？

「起きてるなら離してよ、僕だよ！」

「うるさいな……志信だろ？　わかってるって」

はぁ？　じゃあ何でこんな触り方するの？

僕が混乱していたら、今度はお腹に回っていた手が胸元に這い上がってきた。

「え？　や、あ！」

パジャマの下に忍び込んだ彼の指で、直接乳首を触られている。すりすりと乳輪をなぞるように撫でられ、痺《しび》れるような快感が走った。

——何？　どうしたっていうの？

宗吾が耳元で吐息交じりに囁く。

「男でもここ、気持ちいいのか？」

「何言って——!?」

「なぁ、これはどう？」

ギュッと先端を摘《つま》まれ、身体がビクッと跳ねた。

「あっあ……！」

「気持ちいいんだ？」

何で僕にこんなことするの？

頭の中が疑問符でいっぱいになったとき、宗吾がうっとりとため息を吐いた。

「あ〜……すごい。いい匂い……」

は……!?

「志信、体温上がるとすごくいい匂いがするんだよ。触ってやったら気持ち良くなって、体温上がるかなって」

嘘……。何それ、最低……！

「そんなの酷い……。あっ、やだ……！」

「ここは？　ここ結構気持ちいいよね」

今度は足の付け根をすーっと指でなぞってきた。

「やっ、やだってば……あっ」

「ほら……すごい匂い。わかる？」

「ああっ！　そこダメ……」

うなじに鼻をくっつけてスーハーしないで！

しかも、自分でわかる訳ないでしょ。

僕のアソコは完全に勃《た》ち上がってしまった。シルクのパジャマは薄くて、形がすぐにわかってしまう。

「前も触っていい？　出したいだろ」

耳元で言われ、僕はびっくりして首を振った。

「ダメ……！」

「いいだろ、男同士なんだから、照れるなって」

「あの、僕がオメガだって忘れてる？」

「堅いこと言うな」

「ひっ！」

パジャマの上からそこを握られた。

「いや、ダメダメ！」

しかし宗吾は遠慮なく扱《しご》いてくる。

――いやだ。こんなの酷いよ。

でも、最近自分でもしていなかったからめちゃくちゃ感じる。

「あんっ……あっ、まって！　あっ……」

「ああ……たまんねぇこの匂い……腰に来るな」

「はぁっはぁっ……やっ、ああっ！」

首を舐められながら前を扱《しご》かれて僕は我を忘れて喘がされた。

◇◇◇

「なあ、そろそろ機嫌直してくれよ」

「……別に、普通だけど」

「はぁ……どう見ても拗《す》ねてるだろ」

「やだって言ったのに、宗吾があんなことするからでしょ。もう知らない」

「悪かったよ。ふざけすぎた。謝るから。な？」

結局僕だけ気持ち良くなって射精させられた。彼もしっかり勃起していたのに出さないままさっさとシャワーに行ってしまった。

一人でよがってバカみたいじゃないか。

いや、でもペットのお仕事としては妥当か……

昨日あれこれ考えて、何をされても気にしないなんて思ったけど、実際にあんなことをされたら恥ずかしくて冷静ではいられなかった。

シャワーを浴びてきた宗吾が、朝食の支度をボイコットしてベッドで丸くなっている僕に言う。

「なぁ、どうしたら機嫌直すんだ？　何か買ってきてやろうか？」

「……」

「何が良い？　志信の好物って何なんだ？　甘いものは好き？」

「……好きですけど」

「よし、何でも買ってやる。何が良い？」

「……羊羹……」

「羊羹～!?　そんな老人みたいな物を食うのか？」

「美味しいじゃないですか、羊羹」

「俺はあんまり好きじゃないが……わかった、買ってくるよ」

「はい」

「何だ、ちょっと嬉しそうだな。羊羹が本当に好きなんだな」

「うん」

「全く……昨夜は病院行きで大変だったっていうのに、この俺をパシリにするとは。人使いの荒い奴だな」

「あ……それは……ごめんなさい」

僕は慌てて起き上がった。

そうだった、昨日僕がやらかしたばっかりなのに、今朝のことで頭に血が上ってしまって忘れていた。

宗吾の顔の発疹もほとんど治まってよく見なければわからない程度になっていた。

「ふっ。冗談だよ。今日は休みなのか？」

「ううん、この後カフェのバイトだよ」

「そうか。じゃあ帰ったら羊羹楽しみに待ってて」

「うん」

僕は笑顔で答えた。

「やっと笑った。なぁ、本当に昨日のことなんて気にしなくて良いから、元気出せ」

肩を叩かれる。

「え……あ、うん」

そういえば、宗吾が朝から変なことをしてきたせいでギクシャクせずに話せた。僕が昨夜落ち込んでいたから今朝はわざとじゃれついてきたってこと？

「さぁ、もう起きないといけないんじゃないのか？」

「うん。そうする」

これでいいんだよね。

宗吾が良く眠れるように良い匂いを振りまき、お土産を楽しみに待つ従順なペットでいよう。

無能なオメガなりに努力して、宗吾に心配をかけないように元気に振る舞うんだ。

しかしこの夜、宗吾は僕の起きている時間には帰って来なかった。

カフェのバイトを終えると、スマホに着信が残っていた。

見知らぬ番号からで、かけ直すか迷っていると、またその番号から電話がかかってきた。慌てて出る。

「はい、もしもし？」

『こちら、藤川さんのお電話でよろしいですか？』

女性の声だ。

「はい。どちら様でしょうか」

『先日お会いした秋山です。こんばんは』

「あ……こんばんは……」

秋山さんが何で僕のスマホに？　もしかして昨日のアレルギーのこと？

『昨日は大変だったようですね』

「あ……はい。あの、冷蔵庫にあったドレッシングを使ったら落花生が入ってて」

『中村さんが見落としたんでしょうかね？　でも、私なら使う前に必ず表示をチェックしますけど』

それを言われたら何も言い返せない。

「すみません。僕が確認を怠ったのでこんなことになり……」

『それにしても、藤川さんてくじ運がよろしいんですね。当たりをすぐに引いてしまうなんて』

「はい……？　くじ運……？」

『でも、社長もすぐに良くなられて、大事に至らず良かったですね』

「あの……当たりってまさか、あのドレッシングのこと、秋山さんはご存知だったんですか？」

『さぁ。だったらどうだと言うんです？　社長に報告しますか？　長年勤めてる私と、ここ数日一緒に寝泊まりし始めただけのあなたの言うこと……社長はどちらを信じるでしょうね？』

「それは……そんなことより、社長が危険な目に遭うのを何とも思わなかったんですか？」

『はっ！　危険な目に遭うですって？　あなたみたいなオメガが近くにいることの方が彼にとってよっぽど危険で不都合なことだとわからないんですか？』

何だよそれ……

頭にきて、僕は秋山さんに向かってきっぱりと言う。

「僕は雇われて社長の元にいるんです。あなたには関係ないでしょう」

『ふぅん……ビビってすぐ辞めるかと思ったけど、結構図太いのね』

「用件はこれだけですか？　それならもう切ります」

『いいえ、まさか。用件をお伝えします。社長からの伝言で、今夜は遅くなるから先に寝ているようにとのことです。もしかしたら泊まりになるかもしれません』

「そうなんですか……昨日あんなことがあったのに、そんなに遅くまでお仕事ですか？　泊まりって出張とか？」

『いいえ。弊社のＣＭに出演した人気アルファ女優を含めての打ち上げがあるんです。その後は……言わなくてもおわかりでしょう？』

「はぁ……？」

『あなたのようなオメガではなく、アルファ女性のお相手をなさるのが社長に相応《ふさわ》しいということよ』

「そ、そうですか。わざわざ伝言ありがとうございます」

『あ、それから忙しい社長にくだらないお使いをさせるのも、もうおやめになってくださいね』

「え？」

『では失礼します』

「あ……」

こちらの返事も聞かずに通話が切られた。

「何だよ、もう」

お使いって何かと思ったけど、今朝の羊羹のことか。考えてみたら、社長直々に買いに行くはずもない。きっと宗吾が秋山さんにお願いしたんだろう。好きな物を聞かれてつい羊羹なんて言ってしまったけど、彼女に伝わるならやめておけば良かった。

そんなことより、ドレッシングの件だ。やっぱり彼女があの落花生入りドレッシングを仕込んだんだとしか思えない口ぶりだった。しかもそれを隠そうともしていない。

「美人だけど怖すぎ……」

何だかこの電話一本で精神的に疲れてしまった。帰宅して、中村さんの用意してくれた料理を温めて一人で食べる。

広すぎるダイニングで食事をしても寂しいだけだ。あんな電話が来て不安なのに、今夜宗吾は帰って来ないかもしれない。それどころか、アルファの女優と……

「はぁ……羊羹楽しみにしててって言ってたくせに」

別に僕はただ抱き枕として仕事で同居しているだけ。彼の恋人でも何でもないんだ。なのに、いざこうやって宗吾が他の女の人と夜を過ごすとなるとすごく落ち込むし嫌な気持ちになった。たった数回一緒に添い寝しただけで、僕がそんなこと思う資格なんてないのにバカみたい。でもあんな風に優しく触られて抱きしめられたら、勘違いしても仕方ないよね。別に本気で好きになった訳じゃないけど……正直ちょっとだけ、僕は宗吾のことを好きになりかけていたのかも。

食事を終えて洗い物もし、お風呂に入って早めにベッドに横になった。

宗吾は帰ってこないのだし、明日はホテルの早番だからもう寝よう。一人で寝られるなんて気楽でいいじゃん。この仕事を始めてしまったからなかなかこんな機会はないし、広いベッド最高！ラッキーだと思おう。

「って、そんなの無理だよね……」

ここに来る前はずっと一人で寝ていたというのに、今はキングサイズのベッドに一人で寝るのがひどく心細かった。

「この部屋広すぎなんだよ」

生まれてからこんな広い家に住んだことがないので落ち着かないんだ。だから眠れないだけ。

宗吾のことなんて気にしない気にしない。

だって宗吾はあんなにイケメンで優しくて独身のアルファなんだもん。

今は特定の恋人がいないのかもしれないけど、この先彼女ができることもあるだろうし、結婚もするだろう。

僕が添い寝するのは、そういう人ができるまでの繋ぎでしかない。恋人ができたらその人と寝た方がリラックスして眠れるに違いないし。

そうだよね。僕、いつこの仕事も切られるかわからないじゃん。何ならもう、今夜一緒に過ごしている女優さんと宗吾が付き合っちゃうかもしれないし。

そしたら即解雇？

「やだよ……宗吾……」

口に出してしまったらすごく恥ずかしくなった。恋人気取りか？　底辺オメガのくせに、何様のつもり？　バカバカバカ。僕は抱き枕……ただのアロマ……ペット……

心の中でそう念じているうちに僕は眠りに落ちていた。


誰かに肩を揺すられて、目が覚めた。もう朝？

「志信〜帰ったよ。おい、志信」

「ん……？」

宗吾……帰ってきた……？

「ほら、羊羹買ってきたぞ。何先に寝てるんだよ。待ってろって言っただろ？」

え……？　羊羹買ってきてくれたって……

「今、何時……？」

宗吾が月明かりにかざして腕時計を見た。

「ええ？　あー……一時四十五分！」

「嘘でしょ……真夜中じゃん……僕、明日早番だから寝かせて」

アルファ女優といいちゃついてきたであろう宗吾にむくれていたので、僕は布団に潜った。

すると宗吾はしつこく揺さぶってくる。

「おーいー、羊羹買ってきたんだぞ？　ほら、食べたいだろ～？　志信、しーのーぶって！」

宗吾、酔ってるな。しかも酷い匂い……！

ただの香水じゃないよね、これ。多分アルファ女優によるマーキングだ。

アルファにはマーキングと言って、独占したい相手に自分の匂いを擦《こす》り付け自分の物だと示すことで他者を近寄らせないようにする習性がある。

今日宗吾が会っていた女優が宗吾のことを気に入って、自分のものだから近寄るなって主張しているんだ。

つまり、そこまでするほど親しくなったってことだよね。わかっていたけど……現実として突きつけられると、ショックだった。

「なぁ、志信。羊羹あげるから機嫌直して、匂い嗅がせてくれよ……もう禁断症状出そうなんだ」

もう……宗吾って、酔っ払ったらこんなタチ悪いんだ。

僕が動かないので、宗吾は無理矢理布団を剥《は》いで僕に抱きついてきた。

「ああ～。志信の匂いが一番！　最高……」

「ちょっと、やめて！」

うわぁ、本当にマーキングのせいでゾワゾワするくらい不快。怖いというか、とにかく全身に鳥肌が立って、近寄りたくなくなる。

「宗吾、その匂い怖い。嫌だったら！　酷い匂いだよ、わかってる？」

「え？　匂い？」

「アルファのマーキングの匂いぷんぷんさせてるの、気付かないの？　もう、今夜はその人のとこで寝てくれれば良かったんだ！」

「何言ってるんだよ。寝られる訳ないだろう、お前なしで」

そういうことサラッと言わないでよ。これだから僕が変に勘違いしちゃうんだ。

「とにかく、宗吾はもうそのアルファの人とお幸せに。僕は用済みでしょ。そもそもオメガ嫌いなのに、オメガの僕を雇うのが間違いだよ。何で僕を雇ったりしたの？」

抱きしめようとする宗吾と、逃げようとする僕で揉み合いになる。

「志信？」

「やめて。もう、僕なんて放っておいてよ。こんな仕事、もう辞める。オメガは嫌いなんでしょ？　宗吾なんて、アルファ女のところへ行けばいいんだ！」

　宗吾の隙をついてベッドを抜け出す。しかしすぐに捕まってまたベッドに引き戻される。

　両手を掴《つか》んだまま仰向けに押し倒され、宗吾が上に乗ってきた。身を捩《よじ》っても体重をかけられて逃げられない。

「たしかに、俺はオメガのことが嫌いだったよ。でも、志信はオメガだけど俺に媚びないし、取り入ろうとしてこなかっただろ」

「は、離して……」

「コーヒーをこぼした時も、ただ謝ってシャンプー探しに協力しようとしてくれて、いきなり部屋で寝た俺を怒りもしなかった。しかも、鍵まで預けてくれただろ。会ったばかりの他人なのに」

「だって、僕の部屋に盗まれるような物なんて何もないし……」

　宗吾はぎゅっと僕のことを抱きしめる。

「志信のことは信用できる。志信は、俺を誘惑しようとしないオメガだから。それに、これは仕事だろう？　もう投げ出すのか？」

　媚びない？　誘惑しないオメガ？　だから信用できるって？

　そんなんじゃない。僕はただ、スーツの弁償のために必死だっただけ。現に今だって、宗吾が他の女性と会って来たことに嫉妬して腹を立てているんだ。僕はただの雇われ抱き枕で、彼がどこで誰と寝ようと口を出す資格なんてないのに――

彼に自分の醜い内面を悟られたくなくて、僕は顔を背《そむ》けた。

「宗吾……いや……」

「逃げないでくれよ。志信が嫌なら、他の女とは寝ないって約束するから」

「え？」

僕はびっくりして宗吾の顔を見上げた。彼は申し訳なさそうに眉を下げている。

「ごめん、こんなに嫌がると思わなかったんだ。今朝の志信を見てたら、俺も興奮したけど……俺まで気持ち良くなるのは、志信の仕事の範囲外だろ？　だから、外で発散しようと思ったんだよ」

「そうだったの……」

「俺だって、性欲あるんだからな。でもとにかく、今後アルファ女のところへ行く気はない。仕事のために、俺は性欲より睡眠を優先するよ。もう変な匂いは付けてこないから、辞めるなんて言わないでくれ」

——何で、そこまでして僕を引き止めるの？　純粋に睡眠のため？　それとも宗吾にも、仕事以上に何か僕に対して思ってくれる気持ちがある？

いや……そんなことは望むだけ無駄だってわかっているけど。

「わかりました。でも、その匂いは本当に……怖いから、離して」

宗吾は腕の力を緩め、僕の上からどいてくれた。

「そんなに酷いか？　あの女、余計なことを」

「……女優さん、美人だった？」

「ん？　ああ、そりゃ女優だからなぁ。でも俺は、志信の方が好みの顔だよ」

頬をそっと撫でられる。

「はぁ？　女優さんと比べないでよ、恥ずかしい」

僕は眉を顰《しか》めて顔を背けた。

「派手さはないが、色白で目が大きくて……これで泣かれると、守ってやらなきゃって思わせる風情がある」

「な、急に何言ってるの」

まるで口説かれているみたいな言葉に、鼓動が速くなる。

すっと指が顎に添えられた。

「それにこのほくろ。白い肌に映えて……なんかやらしいよな」

僕の口の左下に、ほくろがある。たしかに、一也もセックスのときそこを舐めるのが好きだ。

宗吾は親指でそこをつうっと撫でた。恥ずかしくて、僕の顎を捉えた指から逃げようとする。

「そんなの知らないよ。離して」

「ああ、匂いが濃くなった。もしかして、やらしいこと考えた？」

宗吾が喉元に顔を埋めて、僕の匂いを嗅いだ。笑みを含んだ言い方にカチンときて、彼の肩をぐっと押し戻す。

「やめてって！」

「マーキングの匂い、消してくれよ」

「は……？」

「志信の匂いで、上書きして」

「え？　でもどうやって……？　マーキングって、アルファじゃないとできないでしょ」

「さぁ。わかんないけど、精液塗りたくれば消えるんじゃないか？」

「せっ……！　精液っ⁉」

「そうだろ、マーキングなんだから」

僕はうすら笑いを浮かべる宗吾に戸惑って、ベッドの上をジリジリと後ずさった。

「や、やだ。何でそんなこと……」

「だって、志信がこの匂い嫌だって言うからだろ？」

「あ……や……」

背中が壁に当たって、僕は逃げられなくなった。

四つん這いで僕を追い詰めた宗吾は、こちらを見下ろして言った。

「いいね、その表情。男に欲情したことなんてなかったけど、志信のそういう顔はそそるな」

「それってセクハラだよ、宗吾……」

僕は宗吾を睨《にら》み上げた。

「仕方ないだろ？　じゃあこのまま抱きしめて眠っていいのか？」

多分無理だ。正直吐きそうなくらい嫌な匂いなんだ。

一体何を塗ったらこうなるの？　もしかしてアルファ女優の精液……？

アルファの場合は女性も射精可能で、相手の女性（あるいはオメガ男性）を妊娠させることができるのだ。

「シャワーは浴びてきたんだぞ、これでも」

そう言いながら宗吾が僕の方にぐっと顔を近づけてくる。

「うっ……やだ……近寄らないで……」

「じゃあほら、さっさとやってしまおう」

「やるって、何を？」

「今朝みたいに気持ち良くしてやるから、おとなしくして。匂いが嫌なら、うつ伏せになって枕に突っ伏していればいい」

強引に身体をひっくり返され、僕は言われるまま枕に顔を押し付けた。

これなら恥ずかしくない……かも。

うなじを舐められ、パジャマ越しに性器を優しく触られる。反射的に身体が跳ね、声が漏れた。

「んんっ」

何してるんだろう。さっきまで怒っていたはずなのに、何でこんなことになったんだ？

絶対おかしいってわかっているけど、宗吾に触られるのを拒否できない。本心では、もっと触ってほしくて仕方ないんだ。

「はぁ……あっん」

吐息交じりの喘ぎ声を漏らすと、宗吾が背後から僕の匂いを吸い込んだ。

「いい匂いだ……志信の興奮した時の匂いって、まじですごいよ」

実感のこもった発言に、羞恥で体がますます熱くなる。

「や……言わないで……あっ」

宗吾の手がパジャマの中に忍び込み、骨ばった指が直接僕のペニスを掴《つか》んだ。既にみだらな期待で形状を変えつつあった性器を彼の手で扱《しご》かれ、反対の手で乳首を弄《もてあそ》ばれる。

気持ち良すぎて、頭が回らない。半開きの唇から唾液が垂れて、枕が濡れてしまった。

「あんっ……あぁ……宗吾、気持ちいい……」

密かに想いを寄せている相手の身体に包まれ、性器を触られるのはたまらない快感だった。はしたなく声をあげて感じてしまう。彼は先端からこぼれた蜜を指で塗り付けるようにしてペニスを扱《しご》きながら囁いた。

「ここは？　気持ちいい？」

「そこっ……あっ！　やぁ、もう出ちゃう……！」

「いいよ、手に出して」

ペニスを扱《しご》く手を速められる。痺《しび》れるような快感が背筋を這い上がった。

「あっあっ！　やぁっ。イク……んっ」

僕は宗吾の手の中に欲望を滴らせた。彼はそれと同時に、汗ばむ僕のうなじに吸い付くようなキスをした。チリッとした痛みが走る。

息を荒らげながら僕が枕から顔を上げると、宗吾は僕が出したものをそのまま彼の顎から頸動脈にかけて塗り付け始めた。

「あ……嘘……ほんとに……？」

本気でそんなことするなんて！

「うーん、これでいいのかな？　わかんないけどまぁ、いいだろ。どう？　嫌な匂い消えた？」

匂いなんてもはやどうでも良いくらい恥ずかしくて死にそうだった。

「き、汚いから早くシャワー行って！」

「え？　ああ、そうか。志信のだと精液もいい匂いするから、俺は気にならないけど」

宗吾は手についた僕の体液に平気で鼻を近づけている。信じられない。

僕は泣きそうになって懇願した。

「バカ！　変態！　お願いだから早くシャワーで流してきて！」

「わかったわかった、行くから泣くなよ」

参ったな……と言いながら宗吾はバスルームへ向かった。

「何なの……？　あの人本当におかしいよ……」

僕も汗をかいていたし、タオルで身体を拭いて着替えをした。

「最悪だよ……もう二時半過ぎてる。今日早番なのに」

その後、シャワーを浴びた宗吾はたしかにアルファのマーキングの匂いが薄れて、一緒に眠れるくらいになっていた。それで宗吾は気を良くして、僕を抱きしめるとすぐに寝息を立てた。

僕も色々考えるのに疲れて、宗吾の体温を感じながら眠った。

こうした宗吾の度を越したスキンシップが逆に功を奏してか、その後、僕たちは穏やかに生活をすることができるようになった。宗吾は毎晩僕を抱きしめて眠り、朝になると僕の頬やうなじにキスをして起こしてくれる。

性的な触り方をされることはほとんどなかったけど、ごくたまに戯れが過ぎて宗吾が僕を射精まで導くことはあった。もちろんセックスまではしない。

だけど、家にいるときの僕たちを他人が見たら、誰もが恋人同士だと思うだろう。

ソファに座っていれば宗吾が寄ってきて、勝手に僕の膝に頭を乗せて本を読み始める。僕もそれを見てちょっと苦笑するくらいで、さほど気にもせずにテレビを見ている。

一緒に映画やドラマを見るときは、宗吾は僕を後ろから抱きかかえるようにして座るのが定番だ。

このまま穏やかな日々が続くなら、それに越したことはないというくらい幸せな時間を過ごした。

僕は自分ではもう宗吾への恋心を自覚していた。当然ながら、打ち明ける気はない。そんなことをしても不毛なだけだし、この仕事をするのが気まずくなるだけだ。だからただ二人でいる時間だけは、ちょっとした恋人気分を味わってそれで満足している。

全く期待をしなかった訳でもない。だって彼は女性が好きなのに、僕の体を触るのは嫌ではないようだから。それにアルファ女優より僕の匂いを選んでくれたことが、少しだけ僕に自信をもたらしていた。

もう少しで次のヒート期間がやってくる。薬を飲めないことは、まだ話せていなかった。ちゃんと打ち明ければ、一週間くらいなら休ませてくれそうに思う。でも、彼と仲良くなって調子づいた僕にちょっとずるい気持ちが芽生えていた。

薬を飲まずにヒートを迎えたら、もしかして宗吾は僕のことを抱いてくれるんじゃないか――と思い始めたのだ。

こんなに恋人みたく接してくれるなら、ヒートの時くらい僕の相手をしてくれないかな……普段の僕の匂いが好きなら、フェロモンの香りだって嫌いじゃないはずだよね。

## 第三章　オメガの発情とアルファの独占欲

宗吾の家で一緒に住むようになって約二ヶ月が過ぎた頃だった。

たまに用事があって秘書の秋山さんに連絡するとちくちく嫌味を言われるものの、あれ以来彼女も特に何かをしてくる訳でもなかった。

相変わらず僕と宗吾はうまくやっていて、僕は気持ちを隠しながら宗吾に甘やかされ抱きしめられることで日々充実感を得ていた。

しかし、このような穏やかな日々はそう長くは続かなかった。

薬を飲めないことを言おうか言うまいかと迷っているうちに、ヒートの兆しが見え始めたのだ。

ある晩、宗吾が僕を抱きしめてうなじに鼻を埋めて甘えてきたが、すぐに顔を離して言った。

「何だ……？　いつもと違う匂いがする」

「え？」

宗吾はもう一度確認するように首筋に鼻を近づけた。そして顔を顰《しか》めて言う。

「やっぱり変だ。もしかして、ヒートが近いんじゃないのか？」

「あ……」

宗吾の言う通りだった。幸せな日々にどっぷり浸かっていて忘れかけていた。

「そういえば、もうすぐだ……」

「やっぱりな。ちょっといつもと匂いが違うんだよ。よくわかっただろう？」

宗吾は何やら得意げだった。

「えーと、さすがだね」

「伊達《だて》に毎晩君の匂いを嗅いでないからな。で、薬はあるんだろう？」

「え？　あ、うん……あるよ」

どうしよう。飲めないって言わないと。でもこんなギリギリになって一週間休ませてって言ったら、怒るかな。

「悪いが、これ以上匂いがキツくなったら俺は寝られない。今夜はまあ、このくらいなら良いけど明日からは薬を飲んでくれ」

「わかった」

薬は一応持ってはいた。基本的には飲まないから量は少ないけど、ちゃんと常備している。

「宗吾……」

「ん？」

「いや、やっぱり何でもない」

「何だ？　薬が足りないなら、貰いに行ったらいい。必要なら薬代も出すから。高いんだろう？」

「ううん……それは大丈夫。今回のヒート分くらいなら、足りるから」

「そうか」

宗吾は僕を後ろから抱きしめた。すっかりこの体勢が寝る時の定位置になっていた。

僕のうなじを鼻先でくすぐりながら彼が言う。

「薬を飲んだら、匂いって変わるのか？」

「ええ？　どうかな……自分じゃ匂いはよくわからないから、何とも……」

「それもそうか。この匂いが変わらないでくれるといいんだがなぁ」

「うん……」

それにしてもヒート前に先に気付くとは、匂いフェチすごいな。

いや、そんなことより薬をどうするかだ。

ホテルやカフェの仕事をしているときはずっと疲れていて、体調も崩しやすかった。だけど今はもう添い寝の仕事以外は何もしていなくて家にいるだけだし、多少具合が悪くなっても大丈夫だから飲んでみようかな。

一週間休んで怒られるかも、というのもあった。だけど、何よりも自分がその期間宗吾と離れるのが嫌だと思い始めていたのだ。薬さえ飲めば、今まで通り宗吾とそのまま過ごせる。

僕はそう思って、翌日、宗吾が帰ってくる前に薬を飲むことにした。

◇◇◇

昨夜宗吾に指摘されたときは、自分自身としては体調の変化を感じていなかった。しかし今日になると急に身体が怠《だる》くなり、熱っぽくなってきた。ヒートの症状がだんだん出始めたのだ。

今まではこのくらいになって初めてヒートだと気付けたけど、宗吾の鼻は正確だった。

今回のヒートはアルファの側にずっといたからかちょっと早めで、しかも少し重そうな予感がする。

薬で抑えられるといいんだけど。

そして夕方に僕は発情抑制剤を飲んだ。しばらく様子を見て横になっていたけど、副作用は酷くなさそうだ。

ヒートの怠《だる》さや熱っぽさが抑えられて身体が軽くなったので、晩ごはんの支度をして宗吾を待った。その日は打ち合わせがあるから先に食べているようにと連絡があって、一人で食事をする。

こんなことはよくあるんだけど、ヒートで情緒が不安定になっているからなのか、すごく寂しく感じて、食べながらちょっと涙ぐんでしまった。

食べ終えたお皿を洗って、宗吾の帰りを待つ。

宗吾は二十二時頃に帰ってきた。

「ただいま」

「おかえりなさい」

「体調はどうだ？　薬は飲んだ？」

「うん。さっき飲んだよ」

宗吾は僕の顔に鼻を近づけて匂いを嗅いだ。

「うーん……多少気になるけど、これくらいなら大丈夫そうだな」

「本当？　よかった」

宗吾は食事をし、食べた後はお風呂に入った。

そして二十四時過ぎに床に就いた。

宗吾がいつも通り僕の身体を後ろから抱いて寝ようとしたところ、彼の動きが止まった。

「ダメだ……おい、さっきより断然匂いがきつくなってるぞ」

「え……？　うそ……？」

そういえば何だかちょっと……身体が熱い。心臓がどくどくいっているし、顔も火照ってきた。

薬飲んだのに……アルファの宗吾が近くに来たから？

「ううっ、酷いな。これじゃ一緒に寝るのは無理だ。悪いが、今夜からヒートが明けるまで、客間のベッドで寝てくれ」

宗吾に身体を押しやられた。彼にしてはいつになく荒っぽい仕草で驚く。

「あ、う、うん。わかった。ごめんなさい……」

僕はベッドから慌てて降りると、ドアへ向かった。

拒否されたショックで頭が真っ白になる。宗吾は僕のヒートの匂いが嫌いなんだ……

ヒートのフェロモンで、彼がもしかしたら僕のことを抱いてくれるかも――なんてちょっとでも期待した自分が恥ずかしい。これじゃあ、彼の嫌いな媚びて誘うオメガそのものじゃないか。穴があったら入りたいくらいだ。

ドアの前までたどり着いたところで急にキーンと耳鳴りがして、目眩《めまい》で立っていられなくなった。

ふらふらと壁に手をつき、くずおれる。

あ……ヤバい……この感じ、薬の副作用……？

ずるいことを考えるから、罰が当たったんだ。ごめんなさい……

「志信？　どうした？」

大丈夫、と答えようとしたのに声は出ず、僕はそのまま気を失った。


目が覚めるとそこは病院で、僕は点滴を受けていた。

――やっちゃった。抑制剤の副作用で倒れたんだ。

最近体調も良かったし、薬を飲んだ直後は何ともなくて大丈夫だと思ったのに……

客間に行こうとベッドから立ち上がったら、急にくらくらして、そこから記憶がない。

ちゃんと休みを貰わなかったせいで、結局宗吾に迷惑をかけてしまった。

もしかしたら呆れられて、解雇されちゃうかもな。でもこんなことしでかしたんだから、仕方ないよね。

それならそれで、また以前と同じ生活に戻るだけだ。狭いアパートに一人で寝起きして、宗吾とはもう二度と会うこともない――

彼と過ごしたのはたったの数ヶ月なのに、以前の生活に戻るのを想像しただけで涙が溢れてきた。

するとドアが開いて、宗吾が部屋に入ってきた。

「志信？　目が覚めたんだな」

「宗吾……ごめんなさい……」

僕は身体を起こそうとして宗吾に押し止められる。

「何謝ってるんだよ。起きなくていいから……っておい、泣いてるのか？　どうした、どこか痛いのか？　薬が効いてないのかな。先生を呼ぶか？」

宗吾がおろおろしながら聞いてくる。

「ううん、どこも痛くない。ごめんなさい。迷惑かけて……」

「はぁ？　何言ってるんだよ、迷惑な訳ないだろう。そんなことより、君は抑制剤に副作用があるんだって？　何も知らないで薬飲ませて、こんなことになって悪かった。自分でわかってたんだろう？　何で言ってくれなかったんだ？」

「ごめん……言おうと思ったけど、休むことになるから怒られると思ったんだ……」

「バカだな。怒る訳ないだろ？　君が倒れてどれだけ心配したと思ってるんだ。こんなのはもうこれっきりにしてくれよ」

「ごめんなさい……ごめん……」

　僕は申し訳なくて顔を覆って泣いた。

「あ、おい。責めてる訳じゃないって。泣くなよ。志信が青い顔して倒れたから、びっくりしたんだよ」

「うん……抑制剤を飲むと、発作を起こすことがあって……」

「先生に聞いた。今は副作用が出ない薬を点滴してもらってるから、安心しろ」

「え、あ……？」

　点滴のラベルを見て血の気が引いた。

「これ、保険適用外ですごく高いやつ……」

「また顔が青くなった。まさか金の心配をしてるのか？　気にするなよ、俺が全部払うから」

「そんなのダメだよ！　これすごく高い薬で……」

「いいから。それよりこんな身体で、今まではヒートの時どうしてたんだ？」

「いつもは……仕事を休んで、部屋に引きこもってた」

「そうか、なるほどな」

　その後、宗吾はちょっと言いにくそうにしながらこう告げた。

「あのな、先生が俺のことを志信のパートナーだと思って話してくれたんだが、君はこんな体質だし、その……パートナーがいるなら、無理に薬で抑えようとせず、セックスした方がヒートが楽に過ごせるって」

「うん……。それはどのオメガだってそうなんだけど……」

だからキツいときは幼馴染の一也に助けてもらっている。でも、それも毎度という訳にはいかない。

本当は決まったパートナーがいれば一番いいのだけど、今はそういう相手もいない。

すると、宗吾がとんでもないことを言いだした。

「そうか。じゃあ提案だけど、志信のヒートのときは薬を飲まなくてもいいように、俺が責任持って相手をする。どうだ？」

「え？」

「あー……、そりゃ好みとかもあるだろうし、俺じゃ嫌かもしれないけど……。でも、志信は俺が身体を触っても平気だろ？　セックスまでするのは嫌か？」

「そ、それは……」

急な申し出に僕は焦った。もちろん気持ちは嬉しい。というか舞い上がりすぎて自分でも引くくらいだ。

でも、宗吾は僕のフェロモンの匂いをあんなに嫌がって避けようとしてたのに……きっと優しいから、倒れた僕に責任を感じて言ってくれてるんだよね。

だけど、これ以上宗吾に迷惑はかけられない。

それにセックスまでしてしまったら、僕は宗吾のことを好きな気持ちが抑えられなくて、仕事にならなくなってしまうと思う。

ダメだ――この申し出を受ける訳にはいかない。

「ごめんなさい、それは……ダメです」

「あ……と、そうか。そりゃそうだよな。悪い、変なこと言って。雇い主とセックスなんて嫌だよな」

違う、嫌な訳じゃない。むしろしたいけど……これ以上、勘違いするようなことは避けたいんだ。

「気持ちはありがたいけど、公私混同っていうか……そこまでしてもらうの、悪いから」

「遠慮してるだけなら、俺は構わないんだぞ？」

宗吾は優しい目で僕の顔を覗き込んだ。

「ありがとう。でも、心当たりがあるから。その……今までも、ヒートがキツい時相手してもらってた友達がいて」

「友達？　セフレってことか？」

宗吾はちょっとだけ眉を顰《ひそ》めた。

「ううん、幼馴染なの。僕の身体のこと、昔からわかってくれてる友達だから」

「そうか、じゃあわかった。ヒート期間中は休暇扱いにするから、別居することにしよう。アルファの俺と一緒にいると、ヒートの症状がきつめに出るって先生が言ってたから」

「あ、でも僕のアパート……」

以前住んでいたアパートは、こっちの仕事が軌道に乗ってきたからもったいないので先日引き払ってしまったのだ。

「住む場所のことなら、心配ない。法人契約してるホテルがあるから、一週間そこで過ごせばいい。ホテルなら部屋も掃除してもらえるし、ルームサービスを取れば外に一歩も出ないで過ごせるだろう」

「え、でもそこまでしてもらう訳には……」

「いいんだよ。志信にこの仕事を辞められたら困るから。君が気持ち良く働けるようにするためなら、何でもする」

え、そこまで——？

でもよかった。もう辞めろって言われるんじゃないかと思ったけど、そんなこと言われなくてホッとした。

「何から何までありがとう。ごめんね、面倒かけて」

「いや、別にいいんだよ。オメガと住むのは、色々大変なんだなってわかって勉強になる」

「え～？　何それ」

僕はちょっと笑ってしまった。アルファの人って、オメガに歩み寄ることなんてないと思い込んでた。だけど、そんなことないんだって宗吾と過ごしてから思い直すようになった。

「ごめんな。休みたいって言い出しにくい雰囲気出してたの、俺だろ？　一週間も休まれたら困るって、そういや最初の契約のときに言ったよな。あのときは本当に、君のこと思いやる気持ちがなくて……。自分のことしか考えてなくて悪かった」

「ううん」

「でも、今は俺達仲良くやれてるだろ？　志信のことはもう家族同然だと思ってるし、大事にしたい。だから、何でも遠慮せずに気になることがあったら言ってくれ」

「うん、ありがとう」

恋人になんてなれなくても、こんな風に大事に思ってもらっていると知っただけで、すごく嬉しかった。

「さあ、今夜は一晩入院することになったから、もう寝て」

「うん、わかった」

僕が頷くと、宗吾が布団を首元まで掛けてくれた。

「昼頃に迎えに来るから。そのままホテルへ行けるように、適当に荷物詰めておくよ」

「え！　そこまでしなくていいよ、自分でやるって」

「俺にはできないとでも言うのか？　俺だって、出張のとき自分で荷造りくらいするんだから、安心しろ」

「うん……」

「入れてほしい荷物があったら、後から連絡くれよ」

宗吾はそれだけ言って帰って行った。

真夜中に入院騒ぎを起こして、しかも荷造りまでさせることになり大迷惑なはずだ。それなのに、嫌な顔ひとつ見せなかった。

「これ以上迷惑かけないようにしないとな……」

宗吾は言葉通り、昼頃に僕を迎えに来た。もちろんちゃんと荷物も詰めて持ってきてくれた。

「もう大丈夫か？」

「うん。点滴で、このまま夕方くらいまでは持つって。他にも、飲み薬も貰ったし」

「ちゃんと副作用が出ないやつ、処方してもらったか？」

「うん。ありがとう。僕にはこんな薬絶対買えないから、助かる」

僕のお給料では到底買えないような高価な抑制剤だ。宗吾には感謝してもしきれない。

「足りなくなったら、遠慮せずちゃんと言えよ」

「はい」

そのまま宗吾の車でホテルまで送ってもらった。

「じゃあ、ヒート明けに戻ってくるの、待ってるからな。ホテルが気に入って、帰らないなんて言うなよ」

「ふふ。言わないよ、そんなこと」

宗吾はそこからまた仕事へ戻って行った。

約一週間離れることになる。数ケ月ぶりに別々で寝るの、ちょっと寂しいな。

昨夜も病院で一人で寝たけど、宗吾のことが頭から離れず、なかなか寝付けなかった。

宗吾もきっと、僕がいなかったから眠れなかったよね。早くヒートが終わって家に帰りたいな。

その夜、点滴の効果が切れると発熱して、動悸がしてきた。

「うわ……。これ、かなり酷いやつだ……」

薬で無理矢理抑えていたけど、今回のヒートはやっぱりキツい。これ……ヤバいかも。僕は正気なうちに一也にＬＩＮＥで連絡した。

ちょうど今日が金曜日だから、土日に予定さえなければ一番酷いヒートの前半を一也に助けてもらえるだろう。

しばらくして一也から来られると返事があった。

僕は一也が来るまでの間にと、スーツケースを開けて宗吾に頼んであった物を探した。

あの後、特別にどうしても持ってきてほしいとお願いした物がある。

スーツケースにはきちんと畳まれた衣類が並んでいた。家で過ごすことが増えた僕に宗吾が部屋着を何着も新調してくれたのだ。しかも僕なら絶対買わないようなブランド品ばかり。

そしてそれらの服と共に目当ての物が入れられていた。

「よかった、ちゃんと入れてくれてた」

それは宗吾の黒いパジャマだった。

言うのは少し恥ずかしかったけど、やっぱりお願いして良かった。僕は手にしたそれに顔を埋める。

「ん～……いい匂い」

持って来て、と連絡した時は案の定なんでそんな物をと聞かれたけど、素直に「寂しいから」と答えた。

オメガにはヒートの際パートナーの匂いの付いた衣類を集めて囲まれることで安心する、という習性があり、その行為は『巣作り』とも呼ばれる。

僕はこんなことしたくなる相手がこれまではいなかったけど、今なら巣作りするオメガ達の気持ちがわかる。パジャマ一枚じゃなくて、もっともっとたくさん欲しいって思ってしまった。

これ、着ながらセックスしたい……

でも汚しちゃうからダメだ。しかも、サイズの合わないパジャマなんて着ていたら一也が不審に思うに決まっている。

宗吾の匂いを嗅いだだけで、腰に痺《しび》れるような重たさを感じ、後ろの孔《あな》からじくじくと粘液が滲んできた。オメガの後孔《こうこう》は、雄を受け入れるため女性器のように濡れるのだ。

同時にペニスは熱を持って、痛いくらいに張り詰めてしまった。このままでは下着が汚れてしまう。僕は怠《だる》い体を叱咤して、着ていた服を脱ぐとバスローブを羽織った。

一也が来るまで少しだけ……

僕は、宗吾のパジャマの匂いを嗅ぎながら自慰をした。本当はパジャマを舐めまわしたくなるのを堪《こら》え、汚さないように注意しながら前を扱《しご》き、後ろの孔《あな》も指でいじった。

「宗吾……宗吾……あっ……ん……」

宗吾が戯れに僕のペニスをいじる時のことを思い出しながら、快感に浸った。その時も最近はお尻が疼《うず》いてくるのを我慢していたから、今は思い切りいやらしく腰を動かしながら自分の指を出し入れする。

「はぁっ、あっあっ……ん。いいっ……そこっ、宗吾……もっとして……んっ」

宗吾にいつもみたく後ろから抱きしめられ、バックから激しく突いてもらえたら……

そんなことを考えながら、絶頂を迎えた。しかしヒートの始まった身体がこれで治るはずもなく、僕は二度目三度目と繰り返し淫蕩《いんとう》な行為に耽《ふけ》った。

そろそろ一也が来る時間だ。

精液と発情による分泌液でベタベタになった手脚をバスローブで雑に拭《ぬぐ》う。ふらふらの身体で何とか手を洗い、パジャマをスーツケースに戻した。

もうこの後は幼馴染が来るのを待つだけなので、僕は全裸のままでベッドに寝そべった。射精した後なので多少頭はスッキリしているが、身体は一層怠《だる》く熱を持て余していた。

拭いても勝手に体液が滲んできて、お尻がぬるぬるしてくる。触りたい……けど、もう少しだから我慢する。

「早く来て……」

宗吾の匂いで自慰をしたことが後ろめたかった。

このどうにもならない想いを断ち切るためにも、今夜はもう、彼のことを考えられなくなるくらい強く抱かれたい――

◇　◇　◇

「何だよ、この部屋。すげぇ豪華じゃねーか」

仕事上がりの幼馴染が現れ、部屋を見渡して感嘆する。

僕も最初部屋に入った時はびっくりした。殺風景なビジネスホテルみたいなのを想像してたけど、ジムやそこそこ高級なレストランなども入っているアッパーミドルクラスのホテルだった。

重厚感のあるクラシカルモダンテイストの部屋で、キングサイズのベッドが据《す》え付けられていた。

「うん。笑っちゃうよね。僕が前住んでたアパートより、ずっと広い」

「いやー、いいご身分ですねえ。社長の抱き枕になると、こんな贅沢できんのかよ」

「もう、嫌味言わないでよ」

「うそうそ。冗談だよ。つーかお前、素っ裸で……何か着ろよ。俺、先に飯食いたいんだけど」

一也は手にしていたビニル袋をテーブルに置いて、スーツのジャケットを脱いだ。

コンビニで晩ごはんを調達して来たらしい。

「ええ～、後にしてよ。僕もうこんなで我慢できないよ」

そう言いながら脚を開いて、赤くなり濡れそぼった秘部を見せると、一也は慌てて目を逸らした。

「よせよ！　ほんっと発情したら、お前は恥じらいってもんがなくなるな」

僕はクスクス笑って一也をベッドに誘った。

「お願い、一回だけ先にして？　ね？」

こうなった僕のお願いを彼が断れないとわかっていてやっている。そして一也はわざとらしくため息を吐きながら、シャツを脱いでベッドに乗り上がった。

「一回だけやったら、飯食うからな」

そして、僕の身体をうつ伏せにひっくり返して、ふとその手を止めた。

「おい、お前これ……」

うなじを触りながら、一也はそこを凝視している。僕は振り返って続きを催促した。

「ん？　何？　早く……」

「お前、本当に大丈夫なのか？」

「何が？　ねぇ、お願い焦らさないでよ。もう本当に辛いんだ」

「こんなキスマーク付けられて……、お前、何されてるんだよ」

一也が僕の首の後ろを指でトントン叩いた。

「え？」

何のことかわからず、ぽかんとしてしまう。その顔を見て、一也は腹立たしげにスマホを取りに行き、僕のうなじを撮影して画面を見せてきた。

そこには僕の白い首と、そこに散るいくつものキスマーク――最近つけられたものから既に消えかかっているものまで――が写っていた。

「え……何で……？」

「知るかよ。お前、ネックガード付けてないんだな？　この仕事始める前に会った時、俺言ったよな。気をつけろって」

「でも、社長とはそういうんじゃないから……」

「お前、ぼけっとし過ぎだぞ。これのどこがそういうんじゃないんだ？　執着丸出しじゃねぇか。お前みたいなぼんやりした奴なんて、アルファの餌食だろ」

僕は面食らってしまい、何も言えなかった。たまに宗吾がふざけてじゃれてきた時やエッチな触り方をされた時、首にチリチリとした痛みを感じたような気はする。

でも首の真後ろで自分からは見えないし、僕はほとんど家にいて誰とも会わないから、全然気が付かなかった。

「ふざけやがって。こんなことまでしておきながらヒートの時は放り出すって、何なんだよ？」

一也は怒っていた。でも、放り出された訳じゃない。宗吾は僕の相手をすると申し出てくれたし、副作用の出ない薬も買ってくれた。だけど、僕が宗吾の好意に甘えられなかっただけだ。宗吾とセックスするつもりはないし、あの薬は本当に万が一の時のために取っておくつもりだ。

それにしても……キスマークは悪ふざけの一環なの？　それとも一也の言うように、執着心の表れなの……？

結局、一也はキスマークの件でイラついたからなのか、食事前に一度と言わず僕が一旦ギブアップするまで相手してくれた。ベッドに倒れ込み肩で息をする僕を尻目に、一也は弁当を食べ始めた。

それを見て僕は思い出して言う。

「あ、そういえば、ルームサービスで好きな物食べて良いって言われてるから……何でも頼んで」

「おい、本当にセレブの仲間入りでもしたつもりかよ？　庶民はコレでいいんだよ」

「ん……わかった」

一也が食事をした後、僕達はまたベッドで抱き合った。いつも以上に僕は感じて、喘ぎ声をあげた。宗吾のことを忘れたいのに、首のキスマークのことが気になって仕方ない。

「すごいな、いつもより……中うねって絡みついてくるよ」

「一也ぁ……そこ、気持ちいい……」

一也は僕の弱いところを知っていて、的確に突いてくる。乱雑そうに見えて、実際は絶妙な力加減で常に僕に配慮した抱き方をしてくれるので、これまでのどの恋人とのセックスより気持ちが良い。僕は自分でも腰を揺らしてそれに応えた。

「くそ、アルファ男の側にいたせいだろ？　だからやめておけって言ったんだよ」

「あっ……ああっ！　んっ……そんなこと……あっ」

一也は、今回ヒートの症状が過剰に出ているのが宗吾のせいだと気付いていた。もしかしたら僕の恋心にも薄々勘づいているのかもしれないが、あえて聞いてはこなかった。

金曜の夜から土曜日と日曜日にかけて、一也は体力の続く限り僕を抱いてくれた。

一週間続くヒートの期間中で、最初の三～四日目くらいまでが最も症状が重くて辛い。今回はその辛い期間を一也が助けてくれたことになる。

しかも、セックスでどろどろになった身体を拭き清めてくれるのはいつも彼だ。体力のないオメガの僕が、抱き潰された後に自ら身支度を整えるのは無理だった。毎回ただベッドでグッタリしてしまう。

なるべく頼らないで済むようにしようといつも思うのに、結局この面倒見のいい幼馴染の善意に甘えてしまうのだった。

濡れたタオルで僕の全身を拭いてバスローブを着せると、自分もスーツを着て一也は言った。

「じゃあ、俺は明日仕事だから、もう帰るぞ」

「うん、ありがとう一也……ごめんね、いつもこんなこと頼んで」

「ふん、いい運動になったよ。なぁ志信、無理するなよ。もし今の仕事辞めたくなったら、俺んとこ来いよ。しばらくなら置いてやるからさ」

「え？　ああ……ありがとう。でも今のところ、仕事の方は順調だから、安心して」

「順調ねぇ……俺はそうは思わないがな。じゃあ、何かあったらまた連絡くれ。あ、ネックガードはちゃんと付けろよ」

幼馴染の去った後、ある程度熱の引いた身体で僕は眠りに就いた。これが誰かに抱かれた後でなければ、熱が燻《くすぶ》り続けて寝ることすらできない。

本格的な眠りに落ちそうになったとき、ふといい香りが鼻先を掠《かす》めた気がした。首の後ろに指を這わせる。

「何考えてるの……？」

会えなくて寂しい。早く帰って一緒に眠りたい。

一週間、僕はホテルの部屋から一歩も出ずに、怠惰な日々を過ごした。

宗吾が付けた謎のキスマークは、ほぼ消えかけていた。どういうつもりでこれを付けたのか、しかも一度ならずおそらく何度も……

アルファの性質上、自分の物を他人に取られたくないという気持ちが強いらしいから、所有欲の表れだろうか。いずれにせよ、彼が僕を手放す気がないことの証のようで、悪い気はしなかった。

一也は僕の仕事自体が気に入らないようだったが、僕としては宗吾との奇妙な関係に満足しているのだ。彼は僕を大事にしてくれるし、衣食住も保証されている。ヒートのときも、今度からはこうしてホテル住まいをさせてもらえば、彼との関係が壊れることはないだろう。また一也に頼ることになるかもしれないけど、彼が結婚して僕の相手をできなくなるまでは、許してくれるかな……

その後は、セフレなり恋人なりを見つけないといけないかもしれない。

荷物をスーツケースに詰め直し、僕は一週間ぶりに宗吾のマンションへ帰った。

コンシェルジュは奥の部屋にいたから、誰とも顔を合わせずに部屋へ入る。ホテル暮らしも不自由はなかったけど、やはりホッとする。最初は広すぎて落ち着かなかったけど、今はこの家のソファやベッドに愛着を感じていた。

早く宗吾とまた映画でも見ながらくつろぎたい。

家に着いたことを連絡したら、今日は早めに仕事を終わらせて帰るから一緒に夕飯を食べようと返事が来た。

自然と笑みが溢れる。僕はスーツケースの荷物を整理し、掃除をして宗吾の帰りを待った。

午後には中村さんが来て、夕食を作って帰っていった。「しばらく顔を見ませんでしたが、ご旅行ですか?」と聞かれて、そんな所ですと曖昧に答えた。

僕がまだホテルの仕事とカフェの仕事を辞める前は、中村さんが掃除と洗濯、夕食作りを全てやっていた。だけどそれらの仕事を辞めてからは、掃除と洗濯は僕の担当になっていた。

食事だけは、最初のアレルギーの件があってから怖くて、自分で作るとは言い出せなかったのだった。

十九時過ぎに玄関でドアが開く音がして、僕は嬉しくて小走りで宗吾を出迎えた。

宗吾は僕の顔を見て、すぐ笑顔になった。

「ただいま」

「おかえりなさい」

「志信も、おかえり」

「うん」

「さあ、久々に匂いを堪能させてくれ」

また穏やかな生活が始まると思い、僕も笑顔で彼の抱擁を受け入れようとした。

しかし、宗吾が僕を抱きしめ首筋の匂いを吸い込んだ瞬間、身体を引き剥《は》がされた。

「志信……」

「あの……どうしたの? まだ、フェロモンの匂いがする?」

「いや、違う。……他の男の匂いだ」

「え？」

宗吾は顔を顰《しか》めて言った。その表情には怒りが滲んでいた。

「この前言っていた友人だな？　くそ、ダメだ。我慢できると思ったんだが……やっぱり無理だ」

「あ……無理って……？」

他の男の匂いって、一也のこと？　でも、もう抱かれてから何日も経っているのに？

せっかくまた前みたいに暮らせると思ったけど、やっぱりダメなの……？

「志信、次のヒートでは俺と一緒にいろ」

「え？」

宗吾はこれ以上ないような渋面を見せて言う。

「君が他の男の匂いをさせているなんて、耐えられない。これは命令だ」

「で、でも……」

「わがまま言ってるのはわかってる。雇い主の立場でこんなこと言うのは、パワハラだよな。頭ではわかってるんだ……だけど、志信が他の奴に抱かれるのがわかってて、黙ってまた送り出すのは無理だ」

「そんなの……だって、何で……？」

「ダメか？　俺じゃ不満か？」

不満なんてない。宗吾に抱かれるなら、それは嬉しいけど……

「これも、仕事ってこと……？」

「いや……さすがにこんなこと、仕事にする訳にはいかないだろ」

僕が返事に困っていると、宗吾が僕の腕を引いて寝室に入った。

「どうしたの？　え、ごはんは？」

「とにかく、その匂いを消す、我慢ならん」

「え……」

今まで見たことがないくらい宗吾は強引で、多分とても怒っていた。

「宗吾、怖いよ……」

「すまん、抑えがきかない。本当に嫌だったら、殴って止めてくれ」

力ずくでベッドに引き倒された。

「あ、何するの……？」

「マーキングする」

「はぁ!?」

僕はびっくりして、ろくに抵抗もできぬまま衣服を脱がされてしまった。

「志信、その忌々《いまいま》しい匂いが消えるまでだから、おとなしく我慢して」

「や……そんな……あっ！」

べろりと首筋を舐められる。まるで犬か狼みたいな仕草で、とてもいつもの上品な彼とは思えなかった。

アルファの人って、怒るとこんな風になっちゃうの……？

呆然としている間に、宗吾は自分も服を脱いだ。綺麗に筋肉が付いた裸体が眼前に迫って、発情期も終わったというのに、こちらまで気持ちが昂《たかぶ》ってくる。

宗吾が僕を触る時、彼が服を脱いだことはこれまでなかった。だから、実は宗吾の裸を見るのは初めてだった。

筋肉質だとは思っていたけど、着痩せするのか――思ったよりがっしりしていて、甘いマスクとのギャップにくらくらする。

しかもその彼が有無を言わせぬ荒っぽさでのしかかってきて、全身を舐めてくるのだ。僕の股間はすぐに熱くなったが、初めて見る宗吾のものも既に勃起して、お腹に付きそうなくらい反り返っていた。太い血管の浮き出た逞しい陰茎を見てしまい、僕は目を覆いたくなった。

こんなの目の毒だよ……挿《い》れてほしくなるじゃないか……

ヒート中なら、間違いなく挿《い》れてとねだってしまっていただろう。

宗吾は僕の首筋や乳首をひたすら舐めながら、二人の股間のものを一緒に扱《しご》いていく。早急な追い上げに僕は息も絶え絶えになり、彼より先に出してしまった。宗吾は僕の精液まみれの手でそのまま自分の物と僕のものを扱《しご》き続ける。

「あっやめて！　もうイッたからやだ……宗吾……ダメ、ダメダメ！」

僕が涙目で懇願してても聞いてくれず、びくびくと痙攣《けいれん》する僕の体を押さえつけたまま、彼も射精した。そして息を喘がせている僕の喉元に、その精液を塗りつけた。

不思議と嫌な気はせず、むしろうっとりとして僕は目を閉じ、彼の行為を受け入れた。

――好き……もう宗吾になら、何をされても構わない。

陶然とした心持ちで寝そべっていると、彼が僕を抱き上げた。

「すまない……すぐに流すから」

汗ばんだ温かい肌が密着して気持ちいい。そのままバスルームへ連れて行かれ、宗吾が僕の身体を洗い流した。


シャワーの後は着替えて、冷めてしまった料理を温め直して晩ごはんを食べた。

宗吾が無言だったので、僕も何となく声をかけにくかった。どうやら彼は、先程無理矢理僕にしたことを反省しているらしく、とても気まずそうで僕と目も合わせなかった。

いきなりあんなことをされて、びっくりした。本当を言うと嫌ではなかったけど、ちょっと怒ったフリくらいしておいた方がいいかなと思って、僕も無言で食事をした。広い部屋に食器の音だけが響いて、とても静かだ。

とはいえ、買ってきたデザートを紅茶と一緒に出す頃には僕の方が限界で、ソファに座る宗吾に話しかけた。

「はい、どうぞ。久しぶりに帰れたから、ゼリー買ってきちゃった」

「あ、ああ。そうか……」

「羊羹じゃなくてホッとした？」

僕が顔を覗き込んで微笑んだら、やっと宗吾も僕の目を見る気になったようだ。

さっきの獣じみた勢いが嘘みたいにしゅんとして、申し訳なさそうな顔で謝ってくる。

「志信……その、本当にすまない。さっきはあんなことして……」

「うん、ちょっとびっくりした」

「悪かった。俺は……」

「いいよ、もう。嫌な匂い消えた？」

僕は宗吾にぴったりくっつくように座って、首筋を彼の方に寄せた。少しためらった後、宗吾は僕の首筋に鼻を付けて匂いを嗅いだ。

「ああ。もう大丈夫」

「よかった。ね、どっち食べる？　巨峰のと、グレープフルーツのがあるよ」

「じゃあ……グレープフルーツ」

僕は宗吾の肩にもたれかかるようにしながら、ゼリーを食べた。ちょっとお行儀悪いけど、くっついていたかった。

「怒ってないのか？」

「うーん、怒ってはいないけど……アルファの人って、あんな風になっちゃうんだね。何か怖い」

オメガの僕は、本気で怒ったアルファの前では蛇に睨《にら》まれた蛙状態で、抵抗などできはしなかった。

僕が宗吾を好きだからなのか、アルファの持つ力のせいでオメガの本能が従ってしまったのか、よくわからない。ただあの時、獰猛《どうもう》な雄に組み敷かれることに快感を覚えたのは、自分でも若干正気ではなかったように思う。

宗吾は俯《うつむ》いて再度謝罪した。

「ほんとごめんな。何か、カッとなって抑えがきかなくて……でも、あんなこと滅多にないんだ。もうしない」

「うん。じゃあ仲直りね」

「志信、ありがとう。帰ってきてくれて嬉しいよ」

宗吾が僕の肩を抱き寄せた。

「うん、僕も会いたかった」

「お詫びじゃないが、この週末は休めるから、志信の好きな所へ行こう」

「本当？　やった。じゃあ天気が良かったらドライブに行ってみたいな」

「いいよ。どこでも連れて行ってやる」

宗吾が帰ってきてすぐはどうなることやらと思ったけど、以前のような生活に戻れそうで安心した。

その夜はまた以前のように宗吾に抱きしめられて、僕達は二人ともぐっすり眠った。


そしてその週末、僕は宗吾と初めてドライブに出かけた。今まで宗吾とは事務的な用事以外で出かけることはなかったから、デートみたいで嬉しいと僕は密かに思っていた。

「あれ、車変えたの？　前見たのと違う……」

乗るように言われたのは、以前見たことのある宗吾の黒い車とは違う白いＳＵＶだった。

「いや。あれは仕事で乗ってる車だから」

「へぇ……」

以前、一也が雑誌を見ながら欲しいと言っていた高級車だ。これ見たら、きっと羨ましがるだろうな。

僕はもちろん車なんて持っていないし、基本的に節約生活で遊びになんてほとんど出かけることがなかったので、行き先は宗吾に任せた。

「今日はどこに行くの？」

「海ほたるへ行って、そのまま木更津のショッピングモールで買い物しよう」

「え！　海ほたる、行ったことない。楽しみ」

人気のパーキングエリアだということは知っていた。でも車じゃないと行けない場所だから、今までは全く縁がなかった。

宗吾の車で川崎から木更津に至る東京湾アクアラインを走り、その途中にあるパーキングエリアを目指す。川崎側からトンネルを抜けると、海の上に白い船のような建物が見えてきた。

晴天の下、両側を海に囲まれた道路を走るのは爽快だった。

「わー、気持ちいいねぇ」

駐車場に車を停めて、エスカレーターで最上階まで行く。デッキに出ると、富士山までよく見えた。

「すごい、こんなに綺麗なんだ。ねえ宗吾、ほらこっち！」

「おい、子供じゃないんだから、ちゃんと前見て歩けよ」

キョロキョロしながら歩いていたら、宗吾に注意されてしまった。

各階に飲食店やお土産屋さんがある。

「ソフトクリームでも食べるか？」

「うん、食べる！」

「買ってくるから、席に座ってて」

いつもはスーツの宗吾も、今日は仕事じゃないからラフな格好だ。髪の毛も下ろしていて、二十八歳という年齢相応に見えた。背が高くてスタイルが良いから、遠くからでもすぐにわかる。しかもソフトクリームを買って来てくれるなんて、まるで彼氏といるみたいで嬉しい。

今まで付き合った人は、一也の言うように身体目当てみたいな人ばかりだった。だから、こういう普通のデートはほとんどしたことがないのだった。

ウロウロしていたら、窓際に椅子が並んだエリアがあるのに気付いた。ここで食べるのが良さそうだなと、空いた席を探す。週末なので結構混んでいるが、所々空きがあった。

よし、ここにしようと思い座りかけた時、後ろから声をかけられた。

「すみません」

振り返ると、見知らぬ若者が立っていた。高校生かな、いや大学生？

「これ、落としましたよ」

「え！」

その学生が差し出したのは、僕の財布だった。

嘘！　いつの間に落としたの⁉

「あ、気付かなかった！　ありがとうございます」

「いえ……あー……っと、カバン、開いてて危ないですよ」

「え⁉」

慌てて確認すると、背中に背負ったボディバッグのファスナーが開いていた。

「あ、すみません！　本当にありがとう」

若者は会釈して去って行った。そこに入れ違いで宗吾がソフトクリームを両手に持ってやって来た。そして不機嫌そうな低い声で聞いてくる。

「今のは誰だ？」

「あ、僕お財布落としちゃって。今の子が拾ってくれたの。よかった～」

ハンカチまで落ちそうになっていた。僕は財布をしまって、きちんとファスナーを閉めた。

「何やってるんだよ、あれアルファじゃないか。変な奴に声掛けられないように、もっと警戒心を持てよ」

「はぁ……？　変な奴って……親切で拾ってくれたんだよ」

「ふん、どうだかな。全く、少し目を離しただけですぐアルファに絡まれるとは」

宗吾はさっきの子が立ち去った方向を睨《にら》んでいた。

「何言ってるの？　絡まれたんじゃなくて、落とし物拾ってもらったっていうのに」

しかも、アルファだとは僕にはわからなかったし。何なの？　もう。

「まぁいい、ほら。溶けるから早く食べよう」

釈然としなかったけど、手渡されたソフトクリームが溶けそうだったので、食べるのに夢中になってそのうちその件は忘れてしまった。

その後は楽しくドライブし、買い物をして僕はすっかりご機嫌で家に帰ったのだった。


夕飯を食べてから帰宅して、買ってきたものを片付け、順番にお風呂に入った。

先にお風呂から上がってニュースを見ていた宗吾の横に座ると、彼は当然のように僕の膝に頭を乗せてきた。髪の毛を梳《す》くと、気持ち良さそうに目を閉じてされるがままになっているのが愛しい。宗吾は偉そうなときも多いけど、こうやって甘える姿は年下という感じがして、僕は気に入っていた。

「今日はすっごく楽しかった、ありがとう。海を見ながらのドライブって、気持ちいいんだね」

「喜んでもらえて良かったよ。海が気に入ったなら、またどこか行こう」

「ほんと？　嬉しい！」

こんなに楽しくていいのかな？

僕が宗吾の顔を覗き込むと、彼はふと笑顔を引っ込め、こちらの顔を見上げて言う。

「なぁ。提案なんだけど……今度から日中、俺のオフィスで働かないか？」

「ええ？　どうしたの、急に」

あまりにも急な話でびっくりした。そんな話、今までしたことあったっけ？

いや、でもさすがに寝てるだけの仕事なんて、おかしいもんね。

「あー……目を離したくないというか……何というか……心配なんだよ」

彼にしては珍しく、歯切れの悪い物言いだ。僕は首を傾げた。

「心配？」

「目が届く所にいてほしいんだ。無理にとは言わないが。俺も、自分でもよくわからないんだが、アルファの性質っていうのか……」

「え……っとよくわからないんだけど……」

アルファの性質？

どうしちゃったんだ？　僕がヒートになった辺りから、宗吾の様子が何だか変な気がする。

「君はなぜか、俺を不安にさせるんだよ。ふわふわしていて、どこかへ行ってしまいそうで……」

「何それ、どこにも行かないよ。……ていうか、行く所がないし」

前のアパートは引き払っちゃったしね。

まあ、ぼんやりしてるとか、ふわふわしてるというのは、周りからよく言われることだけど……

宗吾は身体を起こして、僕の肩を掴《つか》んだ。

「今日も何人に絡まれたと思ってるんだ？　どこへ行ってもぼんやりしてて、すぐ人にぶつかるし、子供から老人まであちこちで話しかけられて……隙がありすぎるんだよ」

「そんな……だって休日なんだもん、ずっと気を張ってなくたっていいでしょ」

「ダメなのか？　日中まで俺と一緒にいるのは嫌？」

宗吾は大真面目な顔で僕をじっと見つめた。

いや、別にダメじゃない。むしろこの家にいるだけの方がダメ人間になりそうだし、出勤するのはいい考えかも。

オフィスの清掃員でもやればいいのかな？

「働くのは良いんだけど、僕に宗吾の会社で働けるようなスキル、何もないよ？　パソコンとか全然できないし……掃除とか、お茶出しくらいしか……」

「いい、いい。それで十分だ。秘書の秋山くんの助手みたいなことをやってくれたら、それで良いから」

「えっ、秋山さんと働くの!?」

「ああ。俺に一番近いし、君も面識があるからやりやすいだろ？」

「そうなんだ……そっか……ふーん……」

よりによって、そのポジション？　僕が変な顔をしたので宗吾が訝《いぶか》しげに聞いてきた。

「秋山くんがどうかしたのか？」

「え!?　いや、ううん、何でもない。わかったよ、働きます」

宗吾の思いつきで、おかしなことになってしまった。

こうして僕は、なぜか苦手な秋山さんの下で働くことになったのだった。

雇用契約もこれを機に内容を変更して普通に日中働くという形態にし、夜に添い寝するのはもう仕事ではなく、僕の自由意志ということになった。

実は、ここでも一悶着あったのだ。

今現在夜間に働く契約になっているのに、昼間も働くとなると完全に労働時間が基準を超える。なので、最初宗吾は僕を役員にして労働基準法の適用外にすると言い出したのだ。

僕が役員なんて絶対ありえない、とかなり時間をかけて力説した末ようやく、日中働く契約に変更することになった。

宗吾としては、夜の添い寝は絶対だ。なので、僕のことを契約書で縛り付けられなくなるのが不安らしい。だけど僕が役員なんて、どう考えても常軌を逸している。そんなことが知れたら周りに——というか、秋山さんになんて言われるかわかったものじゃない。

それにしても、秋山さんも多分僕と働くなんて嫌だろう。最初から目の敵にされているし、底辺オメガと常に顔を合わせることになるのだから、大迷惑なはずだ。

宗吾は一体何だってこんなことを提案してきたんだろう。

首のキスマークのことといい、最近よくわからない行動が目立つ。まぁ、最初から僕の匂いに執着しているおかしな人ではあったけど……

ヒートのときのフェロモンのせいで、アルファの本能が刺激されてしまったのかもしれない。僕は宗吾のことを好きだから構わないけど、彼の方は僕のことを好きな訳でもないのに、匂いに振り回されてちょっと可哀想かも。

僕としてはなるべく宗吾とこのまま暮らせたらいいなって思っているから、付かず離れずな距離を保ちたいんだけどな。

僕はスーツなんて成人式の時に買った一着しか持っていなかった。なので、出勤するにあたり宗吾が何着か揃えてくれた。もちろん最初は量販店で自分で買おうと思っていたけど、宗吾がそれを許さず、ゾッとするような値段のスーツを誂《あつら》えられてしまった。

「こんなの着てたら、思いっきり掃除とかできないじゃん……」

宗吾にそう言ったら、汚れたらまた買ってやるから心配するなと言われた。

そういうことじゃないんだけど……

でも宗吾曰く、「俺と一緒にいるんだから、それなりの格好をしてもらわないと困る」とのことだった。たしかに、いくらお茶出し要員とはいえ、社長のお客さんの前に出ることもあるから安っぽいスーツじゃダメなのか……


そして、いよいよ初の出勤日となった。

社長室で、つくり笑顔の秋山さんに挨拶される。

「よろしくお願いしますね、藤川さん」

「はい、こちらこそよろしくお願いします」

最初にマンションの案内をしてもらって以来、久々に秋山さんと顔を合わせた。アレルギーの騒動があってからなるべく避けるようにしていたので、用があっても電話でしか話していなかったのだ。

久々に見る秋山さんは相変わらず美人で、とてもあんな怖いことをする人とは思えない。

また変なことに巻き込まれないように気をつけよう……

そう思ったのだが、秋山さんはしれっとした顔でちょこちょこと嫌味を言ってきたり、意地悪をしてくるのだった。

例えば出勤するようになってすぐの頃に、こんなことがあった。

僕は車で一緒に乗せていくと言い張る宗吾の意見を断固拒否して、電車で通勤していた。だって平社員が社長と出勤なんて、どう考えてもおかしいでしょ？

外で仕事をするのも久々だし、気を引き締めるためと通勤ラッシュを避けたいのもあって、僕はかなり早い時間に出勤していた。そして、社長室の掃除をし、部屋中ピカピカにして一段落した頃に秋山さんが出勤してきた。

実はその少し前に、通勤途中にあるカフェの窓から彼女がコーヒーを飲む姿を見かけていた。僕は咄嗟に俯《うつむ》いて気付かれぬように通り過ぎたのだが、彼女はどうやらカフェで優雅に朝食をとってから出勤するのが日課らしい。

上着を脱いでワイシャツの袖をまくり、布巾を手にしたまま僕は挨拶した。

「おはようございます」

「おはようございます。藤川さん、随分早いんですね」

「はい。ちょっと掃除しようと思って……」

「ふぅん。別に清掃員がやるから、張り切らなくてもいいのに」

「はは……そうですよね……」

うーん、今日も冷たいね！

その後僕が別室に掃除用具などを片付けに行っているうちに、宗吾が出勤してきていたらしい。

秋山さんは僕に対する態度とは真逆のにこやかな顔で宗吾と談笑している。

「ここ、そういえば埃が溜まってると気になっていたんだ。掃除の人も、ここまでは気付かないみたいで」

「ええ、実は私も気になっていたんです。それで、たまには早めに来てお掃除しようと思いまして」

「いやぁ、感心だな。ありがとう、気持ち良く仕事が始められるよ」

――え……？　何なに、まさか秋山さんが掃除したってことになってるの……？

ドアの前に立ち尽くす僕に気がついて宗吾が挨拶してくる。

「ああ、藤川くんおはよう」

「おはようございます、社長……」

「早く出たのに、どこへ行ってたんだ？」

「え、僕ここの掃除を……」

「藤川さんはすぐそこのカフェでコーヒーを飲んでましたよ。私、さっき通りがかりに見かけましたわ」

「え!?」

僕はびっくりして秋山さんの顔を見た。しかし、嘘をついてるとは微塵《みじん》も思わせないような彼女の堂々とした口ぶりに宗吾はすっかり騙されていた。

「何だ、そうだったのか。それなら、俺と秋山くんの分も買ってきてもらえばよかったな」

宗吾は秋山さんからは見えない角度で、ニヤッと笑ってこちらを見た。僕が張り切って先に出たのに、ただぶらぶらしていたと思って面白がっているようだ。

別に他意はなく、ただ親しみを込めて笑いかけてくれたのだろうが、僕は複雑な気分だった。

「あはは……すみません、気が利かなくて。今、コーヒー淹れてお持ちしますね」

「ああ、頼んだよ」

まぁいいけどさぁ……よくあんな嘘がすらすらと出てくるよね。僕はモヤッとしたけど、実害がある訳じゃないので黙っていた。

すると、またその後にも似たようなことがあった。

ある日秋山さんに頼まれた用事で外に出た帰り、新しくオープンした洋菓子店を見つけた。その看板に「アレルゲンフリー」という文字を見つけて珍しいなと思って宗吾にお土産を買ったのだ。

宗吾はチョコレートは好きだけど、ピーナッツアレルギーなのでちょっと注意が必要だ。チョコレートにはピーナッツ自体が入っていることも多いし、直接入ってなくても同じ工場でピーナッツが使われていて、そこで混入した成分によってアレルギー反応を起こすこともある。だから、気軽にその辺で売っているチョコを口にできないのだ。

社長室に戻ると、宗吾は留守だったので、デスクの上にチョコレートの箱を置いておいた。

すると、それを見た秋山さんが僕に注意してくる。

「藤川さん。それ、チョコレートじゃないんですか？」

「あ、はい。そうですけど……」

「社長はピーナッツアレルギーですよ？　ちゃんと中身の成分は確認しました？」

「はい。実は新しくできたお店で、アレルゲンフリーのチョコレートを売ってたんで、買ってみたんです」

「ふぅん……そう。それならいいですけど」

僕は珍しく彼女に言い返せた気がして、内心ちょっと喜んだ。しかし、その後結局彼女にやり返された。

僕がいない間に宗吾が帰ってきて、またそのチョコレートは彼女の用意したものだと嘘をつかれたのだった。

笑顔で秋山さんにお礼を言っている宗吾を見て、僕はこっそりため息を吐いた。

もう……何なんだよあの人……

それからはもうこういった気遣い的なことは一切せず、僕は黙々と業務をこなすのに専念することにしたのだった。

その後、秋山さんの意地悪を受け流しつつ、何とか仕事にも慣れてきた。通勤するようになったとはいえ、昔のように忙しい仕事でもなく、嫌がらせがなければ楽過ぎると言って良い環境だった。

朝は相変わらず少し早めの電車でラッシュを避け、社長室の掃除を続けている。

元々ホテルの早番でもっと朝早く出ていたから、苦ではなかった。

帰りはほとんど定時で上がっていて、たまに帰宅時間が合えば宗吾の車で一緒に帰ることもあった。

宗吾は外に出ていることも多いけど、社内にいる時は僕が目の届く範囲にいることで安心するらしい。よくわからないけど、僕の匂いにリラックス効果でもあるのかな？　お互いに体調も良いし、特に問題なく二人とも生活のリズムが整いつつあった。

そんな中、また次のヒート期間が近づいて来たのだった。

「せっかく仕事に慣れてきたのに、休まないといけないのかぁ」

僕がぶつぶつ文句を言っていたら、宗吾が苦笑しながら言う。

「まあまあ。俺もなるべく休める日は休むから」

「え！　宗吾がわざわざ休んでくれるの？」

「当たり前だろう。俺が相手するって言ったじゃないか」

「で、でも……仕事が……」

「少しぐらい休んでもいいんだよ。トラブルでもあれば別だがな」

うわー……最初の酷い三日間が土日に当たればいいなぁって思っていたんだけど、まさかそこまでしてくれるなんて。

でも、セックスするために休んでもらうなんて、よくよく考えたらすっごく恥ずかしくない？　僕が宗吾の顔をチラッと見たら、目が合った。

「何だ？　赤い顔して。ん？」

「な、何でもない……」

そして、それから数日後。寝る前に宗吾が僕のうなじの匂いを嗅いで、ヒートの前触れを察知した。

「志信、これは多分……明日にはヒートが始まるぞ」

「え、本当？」

「ああ。前回の感じからいって、多分な」

うーん、やっぱり僕が気付くより、宗吾が匂いで感じ取る方が早いな。

「志信は、明日の朝から休め。俺は明日一件打ち合わせがあるから、それを片付けたらすぐ帰ってくるよ」

「うん、ごめんね」

「謝る必要ないだろ。俺の希望でこうなったんだからな」

「でも……その……宗吾は僕のヒートの匂い、好きじゃないでしょう？　嫌なら無理しなくてもいいからね」

「はぁ？　何を言ってるんだ？」

背中にくっついていた宗吾は起き上がって僕を仰向けにし、こちらの目を覗き込む。

「何を勘違いしてる？　俺が、志信の匂いを嫌いな訳ないだろう？」

「でも……前回は僕のこと、別室で寝ろって押しのけたじゃない」

宗吾は僕の発言の意図がわかって頷いた。

「何だ、そんなことか。それは君のフェロモンがキツすぎて、襲いそうになったから焦っただけだ」

「え？　そうだったの？」

僕がびっくりしていたら、宗吾はため息を吐いた。

「君は……ちょっと自分の魅力について、無頓着過ぎやしないか？　あんな良い匂いのフェロモンを嫌がるアルファがいると思うのか？　あと少し側にいたら、我慢できずに襲っていたところだ」

「でも、薬も飲んでたし……宗吾の鼻が良すぎるんじゃないの」

宗吾は奇妙なものでも見るかのような視線を僕に向けた。そして首を振る。

「あのなぁ……いや、もうやめよう。志信に何を言っても無駄だな」

「え？　何それ、悪口？」

「違うよ。とにかく、やっぱり君から目を離すべきじゃないと再確認しただけだ」

は～？

バカにされたみたいで納得いかないけど、明日からのヒート期間に備えようと言われておとなしく寝ることにした。

翌朝になり、これからしばらく中村さんには来てもらわなくて良い旨連絡した。宗吾が出勤した後に僕が掃除や洗濯を行う。

確かに宗吾の言う通り、この日の昼頃にはだんだん体温が上昇してきた。その頃にはもう、家事は済ませていて、準備は万端だった。

今日はちゃんとネックガードも付けた。さすがに何かあったらまずいからね。

それにしても、やっぱり気恥ずかしい。密かに片想いしている相手に抱かれるため、こうして待っているなんて――

「はぁ、本当にこんなことして良いのかな。オメガは抱き慣れてないみたいだし、気持ち悪がられたりしないかなぁ」

悶々《もんもん》としているうちに、宗吾が帰ってきた。

彼は汗をかいたから流してくるとシャワーに行き、部屋着に着替えて戻ってきた。何となくいたたまれなくて、キッチンに行きお茶を用意する。

「あ、お、お茶飲む……？　あったかいの？　冷たいの？」

「じゃあ、冷たいのを」

宗吾はお茶のグラスを受け取ると、豪快に一気飲みした。これからすることをなるべく考えないようにと飲み物を用意したのに、お茶を飲み干す宗吾の喉仏を見ていたら、変な気分になってきた。

じわじわと額に汗が滲んでくる。もうダメだ……

「あれ……志信、匂いが少し……」

「え？」

「変わった」

そう言うと宗吾は僕の手を引いてソファに座らせ、首筋に鼻を押し付けてきた。急に敏感な首元に触れられ、思わずびくっとしてしまう。

「ああ……やっぱり……だんだん匂いが変わる。初めてだ、こんなの。すごい……何なんだよこれ」

「そ……うなの……？」

自分では自分の匂いはよくわからない。これまでアルファと付き合ったことがなくて、ヒート中のフェロモンについて聞かされるのも初めてだった。

彼が腰に響くような低い声で囁く。

「めちゃくちゃいい匂いだよ、志信」

角度を変えて、両側の首筋や耳の後ろを嗅がれる。僕のフェロモンを吸っただけで宗吾の呼吸はだんだん荒くなり、熱い吐息が皮膚を撫でた。その感触すら、発情した僕にとっては快感だった。

――こんなの……理性飛んじゃう……

宗吾は、誘いをかけてくるオメガのことが嫌いだと言っていた。だから、こちらから気があるそぶりを見せてはいけない。それはわかっているのに、熱で感情が昂《たかぶ》り、好きなアルファに抱かれる期待で自分を抑えられなくなりそうだった。

「あー……これ我慢するのは地獄だな。すぐに……食べたくなる」

宗吾は眉を寄せてため息交じりにつぶやくと、今度は僕の耳を甘噛みしてきた。息がかかるだけでそわそわしていた僕は、直接の愛撫に体を震わせた。

「ん……っ」

「いいんだよな？　本当に」

「あ……うん。僕はいい……けど、あの、無理なら、薬飲むから……」

テーブルに置かれた薬の袋に手を伸ばそうとして、止められる。

「バカ言うな。ここで寸止めされたら、いくら俺でも怒るぞ」

熱っぽい視線に射すくめられて、僕は頷いた。

「はい……」

答えると同時に、ソファに押し倒される。恥ずかしくて顔を見られないので横を向くと、その首元に宗吾が吸い付いてきた。

ギュッと目を瞑《つむ》る。

「ちっ、ネックガード付けたのか。邪魔だな」

「しょうがないでしょ……」

ちっ、じゃないよ。何かあったら困るのは宗吾なんだから。

「わかってるよ」

宗吾は僕のシャツのボタンをはずし、ネックガードを避けて鎖骨辺りにむしゃぶりついてくる。

以前、ヒート後にマーキングされたときのように動物的な仕草で、彼の気がかなり昂《たかぶ》っていることがわかった。僕の身体が美味しい訳はないのに、さも旨そうに舐められて、嫌でも興奮を掻き立てられる。

アルファはオメガのヒートによりフェロモンを浴びると、ラットという発情状態に陥る。宗吾は今、ラットしかけているのだ。

僕の方も、彼の発するフェロモンを浴び、その甘い香りによってどんどん呼吸が乱れていく。ヒートの熱が徐々に僕の身体を蝕《むしば》んで、皮膚という皮膚が粟《あわ》立ち、アルファに触れられることを喜び始めた。もうここまで来たら、お互い後戻りはできない。オメガの僕は、アルファを誘惑して自分の欲望を満たしてもらうことしか考えられなくなる。

すると、夢中で僕の胸元に顔を埋めていた宗吾がハッとしたように顔を上げた。

「なぁ、志信。聞き忘れてたけど、されて嫌なことってあるか？」

「え……？　何？」

もうほとんど頭が回っていなくて、何を聞かれたのか一瞬理解できなかった。

「キスされるのは嫌？」

「……ううん。いいよ、して……何されてもいい……」

キスをされて嫌な訳がない。宗吾になら、どんな酷いことをされたって構わない。

「男を抱くのは初めてだから、何かおかしかったら言ってくれ」

フェロモンに煽られた彼の目は欲望でギラついていて、口の周りは唾液で濡れ光っている。そんな極限状態でも、僕のことを気遣ってくれているんだ。僕はそんな彼が愛しくてたまらなくなり、宗吾の首に腕を回した。

これまで散々一緒に寝て触れ合っていたけど、ちゃんとキスするのは初めてだった。

宗吾の男らしく整った顔が近づいてきて、そっと上唇を啄《ついば》まれる。まるで僕の機嫌を窺《うかが》うような仕草で、ちゃんと唇を合わせてくれない。その視線は僕をじっと見つめていて、僕がこの先の行為を拒んでいないか推し量ろうとしているみたいだった。

——もっと、ちゃんとキスして……

あまりにじれったくて、僕は目を瞑《つむ》ると自分から宗吾の顔を引き寄せて唇を押し付けた。宗吾はふっと吐息交じりの笑い声をあげたかと思うと遠慮なく貪《むさぼ》るようなキスをしてくる。顎をつかまれ、開いた歯列の間から肉厚な舌が滑りこんできた。口中をねっとりと舐められたかと思えば、彼の舌はするりと逃げ出し、僕の口の左下にあるほくろを舐める。くすぐったいようなその感触に、背筋がぞくっとした。

お互い、初めての相手じゃない。だけどヒートでフェロモンの応酬をしながらのセックスは、両者とも初めてだった。

——キスがこんなに甘いなんて……

宗吾に唇を嬲《なぶ》られるのが気持ち良くて、自分からもっとと誘うように腿《もも》の内側を彼の身体に擦《こす》り付けてしまう。二人の呼吸はいよいよ速くなり、宗吾は匂いを吸い込むと共に、僕の唾液まで舐め取っていく。気が付けば、お互いのフェロモンが溶けて混じり合い、部屋の中に充満していた。その香りは鼻腔から脳へ突き抜けて、僕の頭は強いお酒でも飲んだみたいにくらくらしていた。

気持ちいい……おかしくなりそう……

「ん……ふっ、ん……」

我慢しようとしても、自然と鼻にかかった声が漏れる。自分でも恥ずかしくなるような甘えた声だ。

こんな風に媚びた喘ぎ方をしたら、宗吾に嫌われるかも——そう思っても止められない。今の自分の姿を一也が見たら、何と言うだろう？

好きになってはいけない相手を好きになり、キスだけで意識が朦朧としかけているなんて——自分で自分の浅ましさが恐ろしくなる。

宗吾は僕が薬を飲めないから、親切心で相手してくれるだけなのに。彼へのよこしまな気持ちを隠したまま行為に及んでいることに、キスされる快感と同じくらい強い罪悪感を覚えた。

「志信、こっちを見て」

「……？」

「何を考えてる？　俺に集中しろよ、よそ見をするな」

ほんの一瞬だけど、余計なことを考えていたのを見透かされたようで気まずかった。

「僕は、何も……」

「ずっとこうやって君にキスしてみたかったんだ。これでも、かなり我慢したんだぞ」

——キスしたかったって、どうして……？

僕の混乱など意に介さず、宗吾はまた深く口づけしてくる。

彼はオメガとの性行為に慣れておらず、耐性がない。だから、経験として発情したオメガとキスしてみたかったのかもしれない。僕もアルファと寝るのは初めてで、アルファのフェロモンがこんなに魅惑的だとは知らなかった。

宗吾にとって、僕は恋愛感情抜きでセックスできるオメガ。僕にとっても、ヒートを薬なしで過ごすためには、アルファとのセックスが有効だ。お互いに理にかなっている。これはあくまでもそういう行為であって、けっして宗吾が僕に特別な感情を抱いている訳じゃない。

甘ったるい香りのキスを受ける間中、そうやって何度も自分に言い聞かせないと、変に勘違いしてしまいそうだった。それほど宗吾のフェロモンは極上なのだ。

宗吾は唇を離し、僕のシャツを脱がせた。次にボトムスをくつろげようとベルトに手が掛かる。

さすがにこれ以上リビングで続ける訳にはいかないと、僕は宗吾の手に自分の手を重ねた。

「宗吾……汚れちゃう。ベッドへ行こう？」

カチャカチャとバックルを外しかけていた宗吾が顔を上げ、「それもそうだな」とつぶやいて僕を抱え上げた。

「わっ」

そのまま軽々と運ばれ、ベッドに下ろされる。あっという間にボトムスも脱がされてしまった。

西日が差し込む寝室――いつも彼と添い寝する場所で、下着一枚になってベッドに寝そべる。

ヒートの怠さでされるがままの僕にのしかかり、宗吾は胸の先端を口に含んだ。

「んっ……！」

彼は戯れに僕の身体に触れてくるとき、決まったように胸にも愛撫を施した。普段は男性を相手にしない宗吾だから、きっと乳房のふくらみが恋しいのだろう。そう思うと、申し訳ないような情けないような気持ちになる。

「宗吾……僕、女じゃないから。そこ、嫌だ……」

「え？　でもここ弄《いじ》ると、志信の匂いすごく甘くなるのに」

「そ、そんな訳……っ」

頬がかぁっと熱くなる。

宗吾はいたずらっぽく目を細め、強めに乳首を吸い上げた。

「はぁ……っん……。ダメぇ……」

彼は胸に吸い付いたまま手を下腹部へと伸ばし、下着の上から僕の分身を撫でた。

「あっ」

「ほら、乳首を舐めたらこっちもガチガチになって……やらしい染みができてる」

からかうように言いながら、宗吾は下着を剥ぎ取った。すると僕のペニスの先端から透明な液体が糸を引くのが見え、あまりの羞恥で顔を覆った。

「や、見ないで……」

「どうしてだ？　志信のここ、薄いピンク色で可愛いのに」

——何言ってるの⁉

反論しようと口を開きかけたとき、宗吾が目を見張ってつぶやいた。

「うわ。オメガのここって、本当に濡れるんだ……」

彼はさらによく見ようと両足をぐいっと広げ、僕の後孔《こうこう》を覗き込んでくる。

隠れた部分を注視され、頭にカッと血が上った。

「やめて、そんな所見ないで！」

僕が咄嗟に両手で隠そうとすると、宗吾は真顔で制止してくる。

「何言ってるんだ。俺はオメガを初めて抱くんだから、君の身体をちゃんと知る義務がある」

「え……？」

「これから、毎回ヒートのたびに君の相手をするんだ。最初が肝心だろ」

彼の言っている意味が飲み込めずにぽかんとしているうちに、宗吾の指が双丘の間にすべり込み、濡れた窄《すぼ》まりに直接触れた。

「ぁあ……っ」

僕よりずっと長くて太い宗吾の指が、内壁を擦《こす》りながら中に入ってくる。

「あったかくて……中もトロトロだ」

「や、やだ……あっ！」

恥ずかしいのに、局部を刺激されてどんどん中から蜜が溢れてしまう。身をよじって逃れようとしたとき、またしても予想外の行動をとられてのけぞった。

「ひぃっ⁉」

宗吾が僕のペニスを口に含んだのだ。

「や、やめて。そんな所舐めちゃダメだよ」

僕が止めるのも聞かずに、宗吾は僕の性器を根本まで飲み込み、かと思えば唇をすぼめて扱《しご》くように先端まで引き抜く。それを何度も繰り返され、同時に指は敏感な内部を行き来するものだから、僕はたまらずに身悶えした。

「あ……ぁあっ……。ダメ、そんな……」

普段の優しい宗吾からは想像しにくいほど、彼は荒っぽく僕を食い尽くそうとした。まるで野生の獣みたい——ラットで理性が飛んだアルファって、こんなにすごいの……？

自分が求められて相手の性器を口にすることはあっても、誰かにされた経験がなかった。あくまで理性的に僕を抱く一也のやり方とも全然違って、恥ずかしさと快感で目眩《めまい》がしそうだ。

「ん……っ。ああっ、もう……出ちゃう。離して、宗吾、出る……っ」

急激な愛撫に僕は追い立てられ、宗吾の口中で達した。

びくびくと痙攣《けいれん》しながら、射精を止められずに全て吐き出してしまう。すると、あろうことか宗吾はそれをごくりと飲み干してしまった。

「宗吾!?　な、何で飲んじゃったの!?」

「だって良い匂いだから、味が気になって。ちょっと苦いけど、なかなかいける」

僕は唖然として彼の顔を見つめた。

——本当に、宗吾ってどうかしてる……！

以前マーキングされた時もそうだったけど、彼はたまにフェロモンに惑わされて突拍子もないことをし、僕を驚かせる。

「なあ、そろそろしていいか？」

舌で唇を舐めながら宗吾が僕に尋ねた。

気が付けば、宗吾も部屋着を脱いで下着一枚になっている。ふとボクサーパンツの股間部分を見ると、そこは明らかに隆起していた。発情した僕の身体を見て、萎えてしまうんじゃないかと少し心配していたけど、杞憂《きゆう》だったみたいだ。

僕は彼を見上げて頷く。

「志信、これが欲しい？」

下腹部を示され、僕はおそるおそる彼の下着に手を伸ばす。

布越しにもわかるそのふくらみは猛々《たけだけ》しくて、まるでそれそのものが生き物みたいに熱を持っていた。この布を取り去ったら、飛び掛かってくるんじゃないか——そんな考えが一瞬頭をよぎる。

僕は意を決して下着をずり降ろした。すると、布を押し上げていた雄茎が勢いよく天を衝く。

「……っ」

僕は思わず生唾を飲み込んだ。以前一度だけ彼のものを目にしたことがあるが、そのときからこれが欲しいと思っていた。僕のと比べて二倍はあろうかというそれに、彼は慣れた手つきで避妊具を装着した。

はやる気持ちを抑えて、ベッドに横たわる。宗吾が覆いかぶさってくると、雄の濃いフェロモンがふわっと僕の鼻をくすぐった。

彼は僕の足を開かせ、自らの腰をぐいと押し付けてきた。さきほど彼の指でほぐされた場所に、凶器みたいなソレを擦《こす》りつけられる。

——早く、奥まで来て……

彼の先端はすりすりと僕の秘部の周りをなぞるだけで、なかなか挿《い》れてくれない。僕は焦らされて、思わず誘うように下半身を揺らしてしまう。

「意地悪しないで……宗吾」

上目遣いで彼を見る。

「どうしてほしい？　言えよ、志信」

「……宗吾のが欲しい。お願いだから、早く挿《い》れて……」

「今まであんなに俺とするのを嫌がってたのに」

宗吾がそう揶揄するように笑いながら、ぐっと体を沈めてきた。

「ん……あぁ……っ」

先端部分が蕾《つぼみ》を割って、肉壁をえぐりながら僕の中に押し入ってくる。

彼のものが全て収まると、宗吾は僕の耳の下に鼻を寄せて深呼吸した。

「ああ、志信の匂い……本当にたまらない。中もしっとり馴染《なじ》んで、すごく……いいよ。喜んで迎えてくれているみたいだ」

悔しいけど、彼の言う通りだった。待ち望んでいた感覚に、僕の身体は悦び打ち震えている。

彼は代々続く名家の御曹司で、成功した経営者。それだけでなく、見た目も美しいアルファ男性だ。僕みたいな底辺オメガは本来なら、話すことすらできないような相手――。それが、今僕を抱いてくれている。

それだけでも胸いっぱいなのに、彼は身分や生い立ちが全く違う僕を必要としてくれて、優しさを見せてくれる。

――好き。大好き……。離れたくない。いつだって、僕が一番側にいたい……

絶対叶うはずのない、身分不相応な願いを心の中で何度も唱える。

「志信も、気持ちいい？」

「は……ぁあっ。いい……こんなの初めて……」

これが夢なら、覚めないでほしい。こんな風に宗吾に抱いてもらえるなんて……

僕は宗吾の首に腕を回してぎゅっと力を込めた。

「なあ志信、女としたことは？」

「な、ない……」

「男とは、たくさんした？」

揺さぶられる心地良さにうっとりしていたから、突然の問いかけにはっとする。

「――え？」

「今までに何人、ここに受け入れたんだ？」

急に低くなった彼の声に背筋がひやりとする。

宗吾の首に回していた両手を荒っぽく掴《つか》まれ、ぐいと手前に引っ張られた。その勢いで彼の陰茎に最奥を貫かれ、肌がぶつかり合うパン、パンという音が響く。激しい抽送に戸惑いながら、僕は首を横に振った。

「ひっ、やぁ……聞かないで……」

「言えよ」

威圧的なフェロモンを漂わせ、彼の双眸が僕を捕らえた。

「わかんない……わかんなっ……。ダメ、深すぎ……ああっ」

荒波のように揺さぶられ、思考が定まらない。

どうしてかわからないけど、すごく怒ってる……

僕みたいな、どこの誰に抱かれたかもわからないオメガは、汚らわしい？

深く貫かれながら、涙がこめかみを伝う。息も絶え絶えになり、無意識に謝罪の言葉が口をついた。

「ごめ……んなさ……い、宗吾、ごめん……」

すると、僕の手首をぎゅっと掴《つか》んでいた彼の手から力が抜けた。

「志信、泣いてるのか？」

宗吾が僕の顔を覗き込む。

「悪い、責めてる訳じゃないんだ。君のこんな姿を先に見た男がいると思うと、腹が立って――」

宗吾は目じりの涙を舐め、僕の身体を抱き寄せた。

――そんなこと言われたら、また勘違いしそうになる……

優しく口づけされ、またゆっくりと彼自身が僕の内側へ挿入《はい》ってきた。

「志信、俺が好きか？」

宗吾は苦しげに、呻《うめ》くような声で囁く。

僕の内部はきゅうっと収縮し、宗吾のものを締め付けた。それが答えのようなものだったが、僕は黙って彼の背中に腕を回した。

――好きに決まってる……

「こんなのはずして、俺のものになれよ」

宗吾はそう言って喉元に噛みついた。ネックガード越しであっても、歯の感触にぞくぞくしてしまう。

――彼のものになれたら、どれだけいいか……

だけど、これはフェロモンに当てられてるだけだから――勘違いしちゃダメだ。

「なあ、志信。いいだろ？　答えろよ」

また感情が昂《たかぶ》ってきたのか、宗吾の動きが激しくなる。

「あっ、あ……宗吾……」

熱っぽく揺さぶりをかけられ、僕もついおかしなことを口走ってしまいそうになる。だけど、好きだと口にする訳にはいかなかった。

「志信……」

名前を呼ばれて強く抱きしめられると、腹の奥が切なく疼《うず》いた。

「んっ……あぁ、宗吾……いく……っ」

僕は腰を波打たせながら達し、宗吾の引き締まった腹部を白濁で濡らした。彼は一度自分のものを引き抜き、僕をうつぶせにさせる。バックからまた挿入され、彼が突くたびに僕のペニスから押し出されるように液体が溢れた。

「あっ、待って。イったばかりだから、ダメ……っ。ああっ……」

宗吾は僕の言葉がもう耳に入っていないようで、はぁはぁと息を荒くして獣のように体を打ち付けてくる。しばらくして、「出すぞ」と低くつぶやき、僕の中で果てた。

アルファはヒート期のオメガを確実に妊娠させるため、時間をかけて大量に精液を注ぎこむ。薄いゴム越しに、宗吾の欲望が脈打つのを感じた。頭の芯が痺《しび》れ、彼のものを締め付けるように内壁が収縮する。

「……いたっ！」

うなじの辺りに痛みを感じて僕は呻《うめ》いた。感極まった宗吾が、ネックガードの上から僕のうなじに噛みついたのだ。強く歯を立てられると、いくらネックガードをしていてもその周りの皮膚が傷ついてじんじんする。

だけどその痛みすら、僕にとっては彼に抱かれた証のように思えるのだった。

――このまま、宗吾とずっと繋がっていたい……

すると彼がぶるっと震えて、僕のうなじから口を離した。生理的にこぼれ落ちた涙を彼の指で拭《ぬぐ》われ、後ろを振り向くと、彼にキスされる。ふわふわした気分のまま、僕はシーツの上にぐったりと沈み込んだ。ひとときも離れがたいとでも言うように、宗吾も覆いかぶさってくる。後ろからハグされ、汗でしっとりした彼の皮膚が僕の身体を包む感覚に僕はホッと息を吐いた。

これまでもヒート中にセックスしたことは何度もあるが、こんなに感じたことはなかった。自分が相手を好きだからなのか、宗吾とフェロモンの相性が良いからなのかわからないけど、とにかく最高の気分。

「志信……もう他の誰にも触らせるなよ。わかってるな？　絶対誰にも渡さない」

「ん……わかった」

僕はお腹に回された彼の筋肉質な腕を撫でた。

――今はこんなこと言ってるけど、ちゃんとわかってる。宗吾はフェロモンに惑わされてるだけ。きっといつか素敵な恋人が現れたら、僕のことなんて忘れるよ。それでも――今だけは宗吾のものでいさせて……

普段の発情期なら、一、二度達したくらいでは収まらない。だけど、アルファのフェロモンをたっぷり浴びたせいか、僕はすっかり満ち足りた気分で目を閉じかけた。

すると宗吾が僕を抱く手を解いてむくっと起き上がる。もう少し彼のぬくもりに触れていたかったのに――

「……どうしたの？」

「どうしたの、じゃない。発情期はこれからが本番だろ？」

「へ？」

膝立ちになった宗吾を見上げると、驚くべきことに彼のものは既に活力を取り戻していた。

「第二ラウンドだ」

宗吾は新しい避妊具のパッケージを破る。美しい顔に色気たっぷりの笑みを浮かべ、甘いフェロモンを漂わせながら僕の膝を割った。


その後、僕は声が掠れてしまうほど抱かれた。最後はバスルームで体を洗ってやるという彼の言葉に騙され、そこでも一戦交えるはめになった。

――一也なら、こんな無茶しないのに……！

しかも、極めつけは首の痣《あざ》だ。日本製の優秀な素材でできたネックガードはもちろん一週間持ちこたえたのだが、その周囲は宗吾が何度も噛もうとしたせいで、傷が付き酷いことになっていた。

――アルファって、みんなこうなの？

これまでのヒートでは、僕の抑えきれない欲望を誰かに受け止めてもらうのに必死だった。だけどアルファの宗吾を相手にしたら、彼のフェロモンとの相乗効果で、ますますお互いヒートアップしてしまう結果となった。

気を付けないと、いつか宗吾に自分の気持ちをうっかり打ち明けてしまうんじゃないか……そんな予感がして、僕はこっそりため息を吐いたのだった。


熱に浮かされたヒート期間を終えてようやく日常を取り戻し、僕はまた宗吾に抱きしめられながらベッドに横になっていた。

耳の後ろの匂いをくんくん嗅いでいた宗吾が、ぼそりとつぶやく。

「あの時の志信、すごく可愛かった」

「やめて……」

「いつもああだったらいいのにな」

「や・め・て！」

恥ずかしい記憶を蒸し返されて、つい声が低くなる。

「なぁ、挿《い》れてってもう一回ねだってみてくれよ」

宗吾の手がいやらしく僕の下腹部を撫でるに至って、布団を跳ね上げて身体を起こした。

「もう！　からかうのやめてよ。ヒート中だから頭おかしくなってただけ。仕方ないでしょ。宗吾だって酷かったじゃん」

しかし彼はニヤニヤ笑うのをやめてくれなかった。

「見てよこれ。シャンプーするときしみるんだからね」

僕はうなじを指差して宗吾に見せつける。ネックガードを付けていた場所の上下に噛み傷が残っていた。

人に見られたら、明らかに何をされたかわかる傷の付き方でそれがまた恥ずかしい。

「虫除けになっていいだろ」

宗吾は余裕たっぷりに微笑んだ。

は？　何でここで得意げになる訳？

「これだからアルファは……」

「仕方ないだろ？　本当に噛まなかっただけでも褒めてよ」

「何言ってるんだか……」

ため息を吐きながらまた宗吾の腕の中に収まると、断りなしに身体をまさぐられる。

「怒るなよ。ほら、気持ち良くしてあげるから」

パジャマの裾から手が侵入してきて、胸の突起を触られた。

「あっ、こら……宗吾、ダメだよ」

「ちょっとだけ。な？」

そう言って耳に熱い息が吹きかけられると、身体から力が抜けてしまう。

「や、あ……ヒート終わったのに……」

そしてその行為がちょっとで終わる訳もなく、結局最後までされてしまった。されてしまったというか、最後は僕から挿《い》れてってねだってしまったのだけど……

しかもヒート中みたいな乱暴なやり方じゃなく、いつものまま優しくされて、恥ずかしいやら気持ちいいやらで大変な目にあった。

――宗吾はずるい。

たった一度のヒートを共にしただけで、オメガを誘うコツを簡単に掴《つか》んでしまった。オメガが嫌いだったなんて、信じられないくらいだ。

僕とはこれまでずっと添い寝するだけだったのに、「志信の匂いが俺を誘うから悪いんだ」なんて屁理屈をこねて、向こうの方からいやらしい匂いを漂わせて迫ってくる。

宗吾に求められたら断ることができなくて、結局その後もヒートでもないのにたまに彼とセックスするようになってしまった。

こんなのいけないことだってわかっているのに……

僕は宗吾のことを好きで、一緒に住みながら気持ちがバレないようにギリギリの所で過ごしていた。だけどこうやって日常的に身体を重ねる間柄になってしまい、戸惑っていた。

もちろん宗吾から好きだの愛してるだのなんて言葉は一切ない。当然僕らは付き合っている訳ではないし、僕がオメガ嫌いの彼に愛されるはずもなかった。

——これこそいわゆるセフレ……ってやつ？

一番恐れていた関係じゃないか。このままだと僕はずぶずぶと泥沼に嵌《はま》って抜け出せなくなる。いや、もうそうなっているのかもしれない。

もし宗吾に本当の恋人ができた時、どんなに大きな精神的ダメージを受けるか、考えたくもなかった。

一也にバレたら怒られるだろうな。それでなくても、今回のヒートで彼に連絡しなかったことを不審に思っているだろう。勘のいい幼馴染のことだから、既に僕が宗吾と寝てしまったのに気付いている可能性もある。

今のままでは良くないとわかっていつつ、結局その後も宗吾と身体の関係を拒否できないまま数ケ月が経った。

相変わらず僕は社長室で秋山さんと共に居心地の悪い勤務時間を過ごし、家に帰ると宗吾に甘やかされるという生活を送っていた。

そしてまた次のヒートが近づいて来たのだった。

「クシュン！」

「何だ、風邪か？」

「うーん、そうかも。ちょっと鼻水も出るし、何となく熱っぽい」

「もう少しでヒートだろ？　それまでに治せよ。今日は午前中休んで病院行って、薬でも貰って来たらいい」

「そうだね、そうしようかな」

そして薬を貰って飲んだのだけど結構長引いてしまい、治り切らず風邪の症状が残ったままヒートの予定日を迎えた。

宗吾は寝る前にいつものように匂いを嗅ぎながら、首を捻っていた。

「うーん、風邪のせいなのかな？　多少いつもと違う香りがする気はするんだが、ヒートの直前のこっちがムラムラするような匂いが上がってこない」

「はは……風邪のせいで、匂いがおかしくなってるのかもね。僕の体感としても、まだかなーって感じ」

「何だよ、つまらないな。だから早く治せと言ったじゃないか」

宗吾はうなじに鼻を擦《こす》り付けるようにして甘えてくる。こういう子供っぽい仕草をされるのが僕はたまらなく好きだった。

「ごめん。でも薬は飲んだんだよ？」

「ヤブ医者にでもかかったんじゃないか」

そんな話をしながら二人で仲良く眠りに就いた。

## 第四章　社長との契約解除

そしてその後数日経ってもヒートの兆しが現れず、僕の微熱は続いていた。

おかしいなと思い、新しい病院にかかろうかとネットで症状を検索していて、あるページの文字が目についた。

「妊娠初期症状……風邪と似てる……？」

一瞬で血の気が引いた。

ヒート……まだ来てない。もう予定から何日過ぎたんだ……？　いや、そんなまさか……だってちゃんと避妊していたのに……

嫌な予感でスマホを持つ手が震えた。そのページを読み進めると、最後の部分には妊娠しているかチェックするための検査薬の広告が貼ってあった。

これがあれば、病院に行かずに検査できるらしい。

今日は元々、内科に行くつもりで休みを貰っていた。僕はそうじゃありませんようにと祈りながらドラッグストアに行くと、まるで犯罪者にでもなったような気分で検査薬を買って家に帰った。

「お願い……神様どうか……」

そんな訳ない、妊娠なんてしてる訳……

説明書には検査薬に小水をかけて一～三分ほど待つように書かれていた。

しかし、残酷なことに一分と経たずにじわじわと「判定」と書かれた枠内に色のついた線が現れた。

「嘘……」

僕は陽性と出た検査薬を手に、しばらく動くことができなかった。

ちゃんと避妊していたはずなのに、妊娠してしまった。

なぜ？　いつ？　と頭の中で疑問が去来する。

しばらく悩んで、一つ思い当たることがあった。ヒートが終わった後、宗吾に誘われてセックスした時に一度避妊具のストックを切らしていたことがあった。

もうヒート明けだったし、挿《い》れる直前でお互い気分が盛り上がっていて、僕の方から「そのまま挿《い》れて」と促した。しかも、宗吾は外で出そうとしたのに、僕が感極まって達する瞬間彼の腰に足を絡めて締め付けたのだ。そのまま宗吾は抜かずに中で果ててしまった。

その時は、中に注がれた気持ち良さで頭がいっぱいだった。アルファの精液にはオメガの快感につながる成分が含まれていると言われ、体内で射精されることでセックスの満足感が跳ね上がると聞いたことがある。その時はそれが本当だったんだ、と呆然としながら実感していたのだけど……まさかこんなことになるなんて……

僕は色々なサイトを見て、検査薬は確実ではないため産科に行かねばならないと知り、重い腰を上げた。

妊娠したとわかった途端、元々の体調不良が更に酷く感じられるようで不思議だった。熱っぽい上に怠《だる》くて、そういえば最近好きだった食べ物に嫌悪感を持つようになっていたのも思い出した。単に風邪をひいて舌がおかしくなっているからだと思っていたが、これが実はつわりだったということなのだろう。

どこのクリニックに通えば良いのかわからなかったので、一番近くでオメガ男性を受け付けている所へ電話して訪問した。

わかってはいたが、検査してもらったところ本当に妊娠しており、現在妊娠四ヶ月と言われた。検査してもらうまでは恐怖の対象でしかなかったお腹の未知の異物が、エコーの映像を見た途端に「この子を守らなければ」という対象に変わった。

胎児は既に小さな人間の形をしており、生きて動いていた。性別はまだわからないと言われたが、自分の体の中に命が宿り既に大きくなりつつあるということに心動かされた。僕は画面を見て涙を流した。

はっきり言って、最初に自分で検査して妊娠したことを知った時感じたのは、喜びではなく恐怖だった。己の快楽に目が眩《くら》み、後先を考えずに行動した末妊娠しておきながら、何の罪もない我が子に恐怖を感じるなどとは……自分はなんて酷い人間なんだろう。

僕はお腹を撫でて謝った。

「ごめん……僕が絶対守るから……ごめんね……」

その日は宗吾が帰ってくるまでにひとしきり泣いた。

しかし、泣いている場合ではなかった。絶対に宗吾にバレないようにしなければならない。

アルファであり企業のトップに立っている御曹司に、底辺オメガの隠し子などあってはならない。まだ若い彼の将来に、少しの傷も付けたくはなかった。

色々調べたけど、腹筋が弱い女性であれば既にお腹が出てきている時期だという。僕は男性でそれなりに筋肉があるため、お腹の出方はまだほとんど気にならない段階だった。

お腹が大きくなる前には、ここを出なければならない。

しかし、一体なんと言って彼の元を去ればいいんだろう……

もうそれほど猶予はないはずだった。

家にいる間何とか、宗吾の前では気丈に振る舞っていた。ヒートが来ない件については、風邪だということと、風邪薬を飲んでいてその副作用で遅れているんじゃないかと適当な理由を伝えておいた。

宗吾は仕事に関することには厳しいけれど、プライベートに関してはあまり深く考えない性格らしく、僕の嘘を割とすんなり信じてくれた。

それよりも注意しなければいけなかったのは、秋山さんの方だった。

秋山さんは目ざとい女性で、僕のヒートが遅れていることに気付かない訳がなかった。そして、普段から一緒にいる時間も長い。

つわりのピークはもう過ぎる頃らしいのだが、まだ気持ち悪い日が続いていた。

なるべくそんな素振りを見せないようにはしていたけれど、社長の取引先の男性が訪問してきた際に、その人のタバコの臭いで急に具合が悪くなってしまった。

そしてその人が帰った後、僕は口を押さえながら急いでトイレへ駆け込んだ。

吐いてしまいさえすれば、少し楽になる。急いで口元をすすいでトイレの外へ出た。

すると、ドアの外に思いがけない人物が待ち伏せするように立っていた。

「秋山さん……」

「ふーん……なるほど。そういうことでしたか」

訳知り顔で頷く彼女を見て、全て知られてしまったことを悟った。

できることなら、彼女には知られたくなかったのに……

「あ……あの……」

「一緒に住むどころか、まさか妊娠までするとはね」

ハイヒールを履いた彼女は僕よりも背が高く、上から見下ろすその視線は軽蔑に満ちていた。

「ち……違うんです。これは……」

僕が取り繕おうとすると、彼女はそれを遮《さえぎ》った。

「本当に、あなたみたいな汚らわしいオメガは初めて見るわ。やっぱり一緒に住むとなったときに、もっと本気で追い出すべきだったようね」

「……」

僕は何も言い返せずに俯《うつむ》いた。

「誰の子よ」

「……」

「さっさと言いなさいよ！」

「社長です……。ごめんなさい……！　お願い、誰にも言わないで……！」

秋山さんはうんざりしたように天を仰いだ。

「あなた、自分が何をしたかわかっているの？　社長はこの企業を背負って立つ人間なのよ？　あなたみたいなクズが、まとわりついていい人間じゃないの！　そのお腹の子が、後から社長の目の前に現れでもしたらどうなると思う？　迷惑なのよ。堕ろすべきだって皆言うに決まってるわ。まだ間に合うでしょう？」

「え！　そ、そんなことできません！」

僕は必死で首を振った。

「じゃあ、すぐにここを辞めて社長の家からも出て行くことね！」

「それは……わかってます……」

「社長の目の前から、綺麗さっぱり消えるのよ」

「はい……でも、どうしたら……」

僕は誰にも相談できずに悩んでいて、もう限界だった。

「泣いてるんじゃないわよ！　ふん、私にいい考えがあるわ」

「考えって、どんな……？」

「あなたは何も知らなくていいわ。社長にバラされたくなかったら、私の言うことを聞くのよ」

「でも……」

「いいから。もう時間がないわ。社長が出かけたら、教えてあげる」

その後宗吾が出かけていき、秋山さんは鍵のかかるキャビネットからある書類を取り出した。

「これをシュレッダーにかけてちょうだい」

「え？　これ何ですか？　大事そうな書類ですよ」

「はっ！　大事だからいいんじゃない。ほら、ごちゃごちゃ言わずにやって」

どのみち僕に拒否権はない。仕方なく言う通りにした。

数ページに及ぶ書類で、あちこちに判が押されて収入印紙まで貼られているものだ。どう見ても勝手に裁断して良いものではない。

僕は機械のスイッチを入れ、秋山さんの顔を窺《うかが》いながら、震える手で用紙を機械に差し込んだ。

ガーっという音を立てて書類はあっという間に裁断された。

それを見た秋山さんが、弾かれたように笑い始める。

「あはははは！　なんてことするのよ！　本当にやるなんて、あははは！」

「え……そんな……」

笑いを堪《こら》えながら秋山さんが言う。

「ああ可笑しい！　その書類、これから使う大切なものなのに。あなた、大変なことになるわよ」

「ど、どうしてそんなことを!?　これ、どうするんですか!?」

「いやぁね、知らないわよ。あなたが責任取って辞めたらいいいんじゃない？」

な……なんてことを……

この人、本気で頭がおかしいよ。仕事に支障が出るってことじゃないか。いくら僕に嫌がらせしたいからって、ここまでするなんて狂ってるとしか思えない……！

「ああ、それからもう一つ」

「これ以上、何だっていうんですか」

「社長や彼の親族に妊娠の件を黙っていてほしいなら、そうねぇ……二百……いえ、三百万円、私の口座に口止め料として振り込んでちょうだい」

「はぁ!?　そんな大金、ある訳ないじゃないですか！」

そっちが僕のことを最初に底辺オメガって呼んだんじゃないか。僕にお金なんてないことは、彼女もよく知っているはずなのに。

宗吾の所で暮らすようになって、生活費は全て宗吾が払っているし衣服まで揃えてくれるから出費はなくなった。それでいて一定の収入があるので、ほんの少しだけど貯金ができるようになっていた。それを全部使えば、何とか細々と新しい生活を始められると考えていたのだ。

だけど急に三百万円なんて、とてもじゃないけど用意できない。

「じゃあ、夜のお仕事でもするしかないわね？　オメガですもの、あなた、男受けする媚びた顔してるから、きっと人気が出てすぐに稼げるわ」

「な……っ」

どこまで人をバカにしたら気が済むんだ、この人は……

「ああ、今最高にいい気分だわ。やっぱり底辺オメガには、底辺な暮らしがぴったり。ちょっと気に入られたからって、調子に乗って社長と一緒に暮らそうなんて、思い上がりもいいところよ。本当にここ何ヶ月もイライラしっぱなしだったわ。やっと消えてくれるなら、せいせいするわね。ふふ。とりあえず、有り金を全部送ってちょうだい」

秋山さんはそれだけ言い残して、ヒールの音高く歩き去って行った。

「どうしたらいいの……」

妊娠を隠しているだけでも大変で頭がパンクしそうだっていうのに、秋山さんに渡す金のことまで考えないといけなくなってしまった。

宗吾や、周囲の人達にお腹の子のことが知れるとまずいという点だけは、彼女と同意見だ。だけど、口止め料なんて何を考えてるんだよ……

それにしても、この裁断された書類の対処をどうするかだ。

仕方がない。秋山さんの口車に乗るのは癪《しゃく》だけど、もうこうなったらこのミスを理由に解雇してもらって、添い寝の方も申し訳ないけど辞めさせてもらうしかない。

宗吾、また眠れなくなっちゃうだろうな。

可哀想に……誰か僕以外に、うまく寝かしつけてくれる人に会えるといいんだけど……

いや、そんなのは建前だ。本音としては、僕ができる限り長く一緒にいたかった。

ついしんみりした気分になってしまう。だけどそんな感傷に浸っている暇はない。

そう思い直した時、宗吾から電話があった。先程裁断してしまった書類を取引先に持っていくから用意しておくように、とのことだった。

もちろんそれは不可能だったので、正直に失敗を告白した。そして、彼が急いで引き返してきたのだった。

「契約書をシュレッダーにかけただって？」

珍しく慌てた様子の宗吾が、部屋に入るなり聞いてきた。

「はい。大変申し訳ございませんでした」

僕は九十度以上になるくらい頭を深く下げる。すると、秋山さんが白々しく僕を庇うようなことを言う。

「私の監督不行き届きが原因です。藤川さんは悪くないんです！　申し訳ありませんでした」

僕の横で頭を下げながら、彼女の口元は笑っていた。

宗吾はため息を吐いてちょっと戸惑った様子は見せたものの、僕のことを怒ったりはしなかった。

以前起きたアレルギー事件のときのように、彼は僕を叱らずに許した。それがまた僕の罪悪感を刺激する。今度の件は僕がわざと引き起こしてしまったようなものだから、尚更だった。

「起きてしまったことは仕方がない。秋山くん、申し訳ないが作り直しを頼む」

「はい。既に印刷まで済ませてありますので、あとは先方の印鑑を再度……」

「ああ、わかった。俺が直接行こう」

宗吾と秋山さんは二人で話しながら慌ただしく出かけて行った。


その夜遅くに帰ってきた宗吾に、今回の件のお詫びと、そして雇用契約の解除を申し出た。

「本当にごめんなさい。こんなことになってしまって……もう僕は仕事を続ける資格はないので、辞めさせてください」

箸を持ったまま宗吾は目を丸くした。そして一瞬後にフッと吹き出した。

「何を言い出すのかと思ったら。志信、そんなに気にしなくて大丈夫だよ。ちょっとびっくりしたがな」

「……ごめんなさい……」

「慣れない仕事だから、仕方ないさ。志信はそそっかしいところがあるしな。今度から気を付けてくれたらいいから」

宗吾の優しい物言いが僕の心をえぐっていく。

「宗吾……違うんだ。僕は本当にもう、この仕事を辞めさせてもらいたいんだ」

「え……？　急にどうしたんだ？」

「今まで本当にこんなに良くしてもらって、今更辞めるなんて言いにくいんだけど……もう続けられないんだ。オフィスでの仕事も辞めさせてほしいし、添い寝ももう……続けられない」

「何？」

宗吾はとうとう箸を置いた。

「一体何を言ってるんだ？　何があった？」

僕は引き止められるだろうことを予想して、何と言い返すか事前に決めていた。本当はこんなこと絶対に言いたくないけれど、辞めるためには仕方がない。

「無能なオメガは必要ないでしょう？」

僕の言葉を聞いて彼がサッと顔色を変えた。

「何だと？　それを誰から聞いた？」

「聞こえちゃったんだ。ずっと前に、宗吾が誰かと話してるところ……」

宗吾は首を振って否定しようとする。

「違う、志信。君のことを言ったんじゃないし、俺がオメガを無能だと思っている訳では……」

「いいんだ。事実だから。アルファの人から見たら、オメガなんて無能の集団だよね。でもそんなことはどうでもいいんだ。僕はもう、宗吾と暮らすのに耐えられなくなったんだ」

彼の目を見て言うことができず、僕は卓上の食器を見つめながら淡々と告げた。緊張で指先が冷たくなる。

「ずっと言おうと思っていました。仕事で添い寝をしているだけだって。それなのに、セックスまでしないといけなくなって……僕はとても負担でした」

宗吾が息を呑む気配がする。

「嘘だろ？　なぁ、志信……冗談よせよ。俺達ずっとうまくやってたじゃないか」

そう言って彼はテーブルの上にある僕の手を握った。彼の手は温かく、これっきりもう触れ合うこともないのだと思うと涙が滲んできそうだった。

「あなたが怖くて、何も言えなかっただけです。もう僕を解放してください……お願いします」

僕は手を引っ込めて頭を下げた。自分の口にしてしまった嘘に怯えて、身体が小刻みに震える。

宗吾はしばらく黙って僕を見ていたが、やがて口を開いた。

「本気なんだな？」

「……はい」

「嫌がってたなんて……思ってなかったんだ。俺が、勘違いしていただけなんだな？」

「はい……」

「その……謝って済む問題じゃないな……志信、すまない。本当に……」

口を開いたら嗚咽が漏れそうで、僕は唇を噛んで堪《こら》えた。

「……」

「どうやって償えばいい？　訴えてくれてもいいが……君がヒートだったことを考えると、おそらく……」

「わかってます。どうせ訴えても負けるのはオメガ側ですし、そこまでは望んでません。これまでお給料を頂いてたので、それで十分ですから」

「そういう訳にはいかないだろう。俺は君をレイプしたってことだろ？　慰謝料は払うし、出ていくなら、住む場所も手配するから」

「やめてください！」

僕が珍しく大声をあげたので、宗吾はビクッと身をすくませた。

「もう関わりたくないんです。急にすいません。でも、友人の所へ行きますから、もう放っておいてほしいんです」

「そうか……じゃあ、せめて慰謝料だけでも……」

「それも結構です。荷物はもうまとめたので、明日出ていきます。申し訳ないんですが、着る服がないので、それだけ数着もらってもいいですか」

「当たり前だろう、君のものだ」

「ありがとうございます。今夜は客間で寝かせてもらいます。本当に……今まで色々ご迷惑おかけしました」

「……こっちこそ……悪かった」

僕は食事の途中だったけど、一礼して客間に下がった。

宗吾は呆気にとられているようだった。無理もない。だって、昨日までいちゃいちゃと抱き合いながら眠っていた相手に、いきなりこんなことを言われたんだから。

こんな言い方をしたら宗吾が気に病むのはわかっていたけど、今後一切の連絡を断って出ていくためには仕方がなかった。これくらいしないと、優しい彼は今後も何かと僕の世話を焼こうとするだろう。それでは意味がなかった。

もしお腹の子のことが彼の周囲に知れたら、本気で堕胎を勧めてくる人も中にはいるかもしれないのだ。僕はお腹の子をどうしても守りたくて、絶対に悟られないようにこの家を出て行くことだけを考えていた。


宣言通り、僕は翌朝、宗吾の家を出た。

「今までお世話になりました。社長……どうかお元気で」

無理矢理酷いことをされたと主張しておきながら、相手に向かって『お元気で』もないだろうが、せめて何かひと言でいいから優しい言葉を掛けたかったのだ。

——嘘をついて、本当にごめんなさい。

宗吾には一緒に眠れる素敵な人を見つけて、幸せになってほしい。

「志信……困ったことがあったらすぐに言えよ。必ず助けになるから。遠慮はするな」

これには答えず黙礼をし、何とか涙をこぼさずに表へ出られた。宗吾との暮らしは呆気なく終わり、感慨に浸る暇もなかった。

底辺オメガの僕が一瞬見た夢みたいな生活とも、これでお別れだ。

お腹の子には申し訳ないけど、僕と同じくやっぱり片親になってしまった。だけど、僕が本当に好きになった人との子だから……絶対大事にするからね。

宗吾と出会って一緒に住もうと言われた時、僕の日の当たらない暗鬱な人生が少し変わるのかもしれないと思った。だけど、やっぱりどうしても僕はこの不幸の軌道に戻ってくる運命らしい。

今出てきたマンションを少し離れた場所から見上げた。僕が住むのには全く相応《ふさわ》しくない瀟洒な建物。僕はこれから自分にぴったりな場所へ行くんだ。とにかく、出産の費用や秋山さんに渡すためのお金を稼がないと。

しかし、これまで全く夜のお店で働いた経験がなかったので、まずどこへ行けば良いのかもわからなかった。

できれば住み込みで働ければ一番いいんだけど……

とりあえず昨夜ネット環境のあるうちに、と急いで調べておいた数軒に電話してみた。妊娠していると話すと二軒のお店でトラブルは困ると言われて断られた。それで、バカ正直に話すのが間違っていたと気付いて、そこからは妊娠していることは黙って話を進めた。

そして一軒、今日のうちに面接をしてくれるというお店があったので、行ってみることにした。

そこはオメガ男性専門店だった。僕は経験もないし、誕生日を迎えて三十歳になった今、接待するのではなくホールスタッフをやりたいと考えていた。ホテルやカフェでの勤務経験があるから、きっと即戦力になれると思ったのだ。

しかし面接で僕の顔を見た店長が、ニコニコしながら開口一番にこう言った。

「君、すごく可愛いね。三十歳って聞いてたからホールでと思ったけど、その顔なら二十歳って言ってもバレないよ。うん！　接客の方やろっか」

「え……あの、僕こういうお店は未経験なので、できればホールでと……」

「いやー、いやいや。君の見た目でお客さん取らないの、もったいないから。特別に俺が教えてあげるから、ね？」

僕はこういうお店のことに詳しくなくてよくわかっていなかったのだけど、ここはキャバクラではなくセクキャバという所らしい。イメージでは、オメガの男の子がお客さんに付いてお酒を隣で飲む店だと思っていたんだけど、そうではなかった。お客さんが男の子に触っても良いお店なのだそうだ。

「さぁ、これに着替えて」

店長に渡されたのは、薄紫色のヒラヒラしたランジェリーだった。胸元にレースがあしらわれている、いわゆるベビードールで、サイドにスリットが入っている。ショートパンツがセットになっていた。

「えっ……でも、僕こんなの着られません！」

三十歳の男が着るものじゃないよ。

すると店長の顔が一瞬で曇った。

「あ～？　だって、君、寮に入りたいんだよね？」

「それは、できれば入りたいですが……」

店長は僕の全身を舐め回すように眺めた。

「それ、全身ブランド品だよねぇ？　お金持ちの彼氏かパパにでも追い出されちゃった～？」

「いえ……そういうんじゃ……」

僕は彼の視線が恐ろしくて、宗吾に買ってもらった洋服の袖をぎゅっと握りしめた。

「じゃあほら、腹括《くく》ろうか！」

僕が渋々頷くと、また店長は笑顔になった。

衝立の向こうで着替えるように言われる。寮に入れてもらうため、仕方なく恥ずかしい服装に着替えた。

「あの……これでいいんでしょうか」

用意された衣装は、足元がスースーして心許ない。

「おーおー、いいね。思った通りよく似合うよ！」

――これのどこが似合うんだよ。

「はい、じゃあここに座って。胸とか脚とかお尻に触るのはオッケーだから、我慢して。あとは適当に会話を楽しんでもらうようにね」

「はい……」

店長の開いた脚の間に座らされ、後ろから抱き込まれる。宗吾にもよくされていた座り方だけど、店長にされるのは物凄く気持ち悪くて鳥肌が立った。

「ふふ、緊張してる？」

「はい……」

店長が僕の膝に手を置き、するするとそのまま手を太腿《もも》に這わせていく。

「うちのお客さん、みんな優しいから安心してよ。強引なお客さんは、ちゃんとスタッフが止めるから」

手はどんどん這い上がってきて、ヒラヒラした裾を捲《まく》り上げた。

「は……い……」

「肌白くてすべすべだねぇ。何でこんな手入れされたオメガちゃんが、こんな所に来ちゃったのかなぁ？　ふふ……」

店長は薄いショートパンツの上からお尻をぎゅっと掴《つか》んだ。僕は反射的に逃げようとしてしまう。

「あっ、やだ！」

「やだじゃないよぉ？　ほら、もっと積極的に甘えるなり、擦《す》り寄るなりしないと」

「は、はい……」

僕は恥ずかしいやら情けないやらで泣きそうになった。

そして店長はお尻から手を離して、今度はお腹周りに触れた。

「あれあれ？　華奢なのにお腹はぽちゃっとしてるんだ。何か、逆にエロいねぇ～」

ムニムニとお腹を揉まれる。

妊娠していてお腹が少し出始めているのだ。僕はそのことを気取られないかと焦った。

「あ……や、やめて」

「あと、キスはダメなんだけどぉ、ほっぺくらいなら文句言わないでね。ほら、君のここに美味しそうな可愛いほくろがあるじゃない？　これは舐めたくなるねぇ」

左頬に彼の顔を近づけられ、タバコのヤニ臭さが鼻をついた。その瞬間、僕は吐き気を堪《こら》えられなくなり近くにあったゴミ箱に駆け寄って吐いてしまった。

「うわっ、何だよ!?　急に吐いてんじゃねえよ！　きったねえな」

「ぅう……っ、ご、ごめんなさい……」

つわりが完全に終わっていなくて、我慢できなかった。店長は自分に対する侮辱だと受け取ったようでカンカンに怒ってしまい、結局寮に入るどころか、お店の面接自体即刻中止とされてしまった。

店を追い出されてとぼとぼと歩いていたら、スマホの着信音に気付く。画面を見ると相手は一也だった。

宗吾の家を出た時、本当は一也には頼らずに何とかしようと思っていた。だけど今日のこの惨状を思うに、僕には夜の仕事はおそらく無理だろう。

せめて子供が産まれるまでだけでも、一也の所に置いてもらえないだろうか。自分はどうなってもいいけど、お腹の子のことを考えたら、ちゃんとした家で寝起きしないときっと良くない。

電話に出るか迷っているうちに着信音が途切れてしまった。

僕は自分のずるさを自覚しながらも、子供のため意を決して通話ボタンを押し、こちらから電話をかけた。すると、コール音が鳴ったと思った瞬間に電話が繋がった。

『志信か？　何度もかけたのに無視しやがって。ちゃんと電話出ろよ』

「あ……あの……ごめん……」

『何だ、大丈夫か？　今家にいるのか？』

「その……それがね……」

軽く事情を説明したところ、仕事帰りの一也と待ち合わせてファミレスで食事をすることになった。

ハンバーグを頬張りながら一也は僕の話を黙って聞いていた。僕は頼んだオムライスが冷めていくのを眺めながら、最後まで話をした。

「はぁ……。で、社長の家を出てセクキャバ行って、追い返されたって訳か」

「うん」

「何で俺にすぐ言わねえんだよ？　バカか、お前は」

「……ごめんなさい」

「よりによってセクキャバ？　冗談じゃねえぞ。お前、俺のことバカにしてんのか？」

「え？　してないよ」

一也はフォークを僕に向けながら言った。

「そんな所に行く前に、俺を頼れよ。ふざけんな、変な男に身体触らせてるんじゃねえぞ。本当にお前は……」

一也はなぜかすごく苦しそうな顔で頭をがしがしとかき回した。

「はー……その社長にちょっと同情するよ。お前に振り回されて、きっと今頃……いや、やめた」

「何？　なんて言おうとしたの？」

「そんなことより、お前はとにかく俺の所に住め。お前の社長さんとこと比べたら狭いし汚いけど文句言うなよ」

「文句なんて言わないよ。迷惑かけてごめん……ありがとう、一也」

「ふん、身重のオメガを放り出すバカ社長め」

そう言って一也はハンバーグの最後の一切れを口に放り込んだ。

「だから、宗吾は何も知らないんだってば……」

「お前の青い顔見て気付けってんだよ。その社長、鈍感すぎる」

一也はイライラしながらスープを飲み干した。そして僕を睨《にら》んで言う。

「お前もぼーっとしてないでちゃんと食えよ。赤ん坊の栄養足りなくなったらどうすんだ」

「あ、そうだね」

僕は冷めたオムライスをスプーンですくって口に運んだ。どこにでもあるファミレスの味だけど、さっき足を踏み入れてしまった夜の街とは違って、馴染《なじ》みのあるその味にホッとする。

一也が受け入れてくれて良かった。妊娠したオメガなんて気持ち悪いって追い返されたらどうしようかと少し不安だった。

口は悪いけど一也は優しい。僕のことを本気で心配してくれているからこそ、こうやってガミガミ怒ってくれるんだよね。

帰り道も一也は「妊娠してる奴が重たいもの持ってんじゃねえ」と僕のスーツケースを持ってくれた。

一也の部屋には何度も泊まったことがある。ヒートが辛い時、彼に部屋へ来てもらうこともあったけど、僕の住んでいたボロアパートは壁が薄いから騒がしくすると近所迷惑になるのだ。なので、一也の部屋に泊めてもらうことがこれまでもよくあった。

1LDKのあまり広くない部屋で、彼の言う通り散らかっているけど、安全が確保されるだけで十分ありがたい。

「なぁ……そういやその秘書のことだけど、普通に恐喝だよな。せめて警察に行くなり、どうにかしないか？」

「ダメだよ！　だって警察なんか行ったら、妊娠してることがバレちゃう。相手は誰だってなって宗吾の耳に入るようなことは、絶対避けたいんだ」

「だけどそのクソ女に三百万も渡すなんて、許せねえよな」

「お願い一也。絶対に誰にも言わないで。僕、この子だけはどうしても手放したくないんだ。何もかも失ってもこの子さえいればいいから……」

「なぁ。お前がそこまで思いつめてるなら、社長に相談してみればいいんじゃないのか？」

「そんなのダメだよ。彼の人生の邪魔をしたくないんだ」

「じゃあ、お前の人生はどうなるんだよ？　お前だけハズレくじ引いたみたいになんのって、俺は納得いかないんだけど？」

一也は僕だけが被害者みたいに思っているけど、被害を被ったのは宗吾の方なんだ。望まない子供が僕のせいで生まれてしまうのだから。

「一也……気持ちはありがたいけど、この子は僕の勝手で産むんだから宗吾には何の落ち度もないんだよ。宗吾は僕と子供を作ろうなんて、微塵《みじん》も考えていなかったんだし」

「そんなの、やった方だけ逃げるのずるいだろ！」

恥ずかしいけどちゃんと言わないとわかってもらえないようだ。

「違うんだって。宗吾は外に出そうとしたけど、僕が……つい離れないように抱きついちゃったんだよ。きっと心のどこかに彼との子供が欲しいって気持ちがあったんだと思う。それは……僕のずるさだから」

一也は釈然としない様子だったけど、これ以上僕達が押し問答しても無駄なので、話は終わりにさせてもらおうとした。すると、一也が突然とんでもないことを言い出した。

「志信……俺と結婚しようぜ」

「はぁ!?　な、急に何言ってるの……？」

「え……？」

「お前さあ、本気で俺がお前のこと何とも思ってないって信じてたの？」

「ヒートだからって、男友達のことなんか抱けるかよ。ずっとお前のこと、好きだったんだよ」

「うそ……だって、一也は僕のこと好きじゃないって……」

「そんなの、嘘に決まってるだろ」

え？　え？　何で……？　何で今そんなこと言うの？

ずっと僕のことを好きだった？　だって、最初に僕を抱いた時に、僕のこと好きじゃないって言ったのは一也の方じゃないか。

「黙ってたのは悪かったよ。でも、普通気付くだろ。こんなずっと一緒にいたんだぞ。まぁ、お前はぼけっとしてるから、気付いてないだろうとは思ってたけどな」

一也は口の端を引き上げるようにしてにやっと笑った。

「そんな……」

「俺はさ、お前と本気で結婚できるなんて思ってなかったし、言うつもりもなかったよ」

僕は彼の言わんとすることを図りかねて首を傾げた。

「俺、結構ロマンチストだからさ。オメガのお前のこと幸せにしてくれるすげーアルファが現れたら、そいつに譲ってやろうと思ってたんだよ」

「アルファに……譲る？」

「そう。それでお前は社長とうまくやってるって言うし、変わった奴っぽいけど、このまま順調にいけばいいな～って思ってた」

そんな風に思ってたの……？

僕の仕事には反対しているんだとばかり思ってた。

「でも、お前が社長とちゃんと恋愛する気がないなら、もうアルファなんてやめて俺と結婚しろよ。いいだろ？　俺ってベータにしてはいい男だし、結構モテるんだぞ。それに、そこそこ稼いでるから、お前と赤ん坊くらい食わせられるよ。ちゃんとした広い部屋に引越してやるから、俺の嫁になれよ」

「一也……」

「幸せにするよ。俺、子供好きだし。俺とお前だったら、子供ができないから結婚しても寂しいだろうと思ってたけど……子供がいるなら、三人で賑やかに暮らせるだろう？」

そんなこと考えてもみなかった。僕が一也と結婚して、子供と三人で暮らす……？

「すげー混乱した顔してるな。ははは！　びっくりしたか？　別にすぐ返事しなくてもいいよ。でも俺達の仲だし、別に問題ないだろ？　ここに一人増えて賑やかになるだけ。最高にハッピーな未来しか見えないだろ？」

「うん……それは、楽しそうだけど……」

「だろ？　それでいいんだよ。お前、さっき久しぶりに会った時、悲壮感漂ってて死にそうな顔でヤバかったよ。やっと顔に赤みが差してきたな」

一也が僕の頬を両手で包んだ。いつになく優しい目で僕を見下ろしてくる。

「志信……好きだよ」

「一也……」

僕が何も言えずにいると、一也が意地悪い顔をして僕の頬をぎゅっと両手で押しつぶす。

「そんな顔しなくていいって。お前に恋愛感情がないのはわかってるから、無理しなくていい。ただ、ここにいていいって安心してほしくて言っただけだ」

がっしりした身体に抱きしめられる。

「俺のこと、もっと頼れよ。困ってるのに、自分だけでどうにかしようとすんな」

「うん……」

「社長のことが好きなら、そのままでいいから。結婚しようとは言ったけど、したくないならしなくていい。とにかく、お前はここにいろよ」

「うん……ありがとう、一也」

僕もずっと大好きだよ。恋愛感情ではないけど……本当に優しくて、一也のことが子供の頃からずっとずっと大好き。

一也がいなかったら多分、僕の人生はもっとどん底だった。

子供の頃から鈍臭くて、いじめられがちだった僕をずっと側で支えてくれた一也。ヒートで辛くて苦しんでいた僕を最初に抱いてくれた時、僕のことを好きじゃないって嘘ついたのも、全部僕のためだったんだね……

目を瞑《つむ》ると、アルファの宗吾とは全然違う嗅ぎなれた香りがする。——落ち着くけど、やっぱり僕が恋してるのは一也じゃない。

一也の気持ちに応えられなくてごめん。

僕はやっぱり宗吾が好きだから、一也の気持ちを利用して結婚するなんてことはできない。だけど今は甘えさせてもらおう。せめて子供が無事に産まれるまでは……

「お前はぼけっとしてて抜けてるし、世の中上手く渡ってくスキルもないんだから、何かやらかす前にすぐ俺を頼れ。絶対だぞ」

「うん。わかった」

「……って言っても勝手に行動するから、ほんっと目が離せないんだよな」

「……同じようなこと、宗吾にも言われた」

「だろ？　やっぱりな。お前さあ、さっさと出て来ちゃってきっと社長今めちゃくちゃ戸惑ってるんじゃねえの？　可哀想になるよ、全く」

「そうかな……？」

「たまにいるんだよ、職場の後輩にも。困ったら確認すりゃいいのに、勝手に自分で何とかしようとして却って事態を悪化させる奴がな」

「あ……それ僕かも……」

一也が僕の頬をつねった。

「そうだよ、お前みたいな奴が、一番手がかかるんだ！」

「ごめん」

「ふっ。お前は昔からそうだったよな」

「そうなの？」

「ああ。もう慣れっこだよ」

一也は笑って僕を離した。

「さあ、もう寝よう。ちゃんと食べて寝て、赤ん坊をデカくしないとなんないんだろ？」

「あ！　そういえば、転院しないといけないんだ……」

仕事のことで頭がいっぱいだったけど、出産するクリニックをこの近くで探さなければいけない。住む場所は決まったけど、その他にもやらないといけないことは山ほどあるのだった。

第五章　運命の番《つがい》

結局、秋山さんへの口止め料は僕の手持ちで足りない分を一也が用意してくれて、すぐに全て支払い終えた。秋山さんは想像以上に早く僕がお金を送金したので「やっぱり夜のお仕事が向いてたのね」と電話口で笑っていた。腹が立ったけど、これで彼女と金輪際話すこともないと思えば我慢できた。

それから僕は一也の好意に甘えて、居候生活をさせてもらっている。出産まで仕事はするなと言われて、買い物や散歩以外は家事をしながら家の中で過ごしていた。

妊娠七ヶ月になると、お腹もかなり大きくなってきた。胎動もすごくて、赤ちゃんはお腹の中でグニグニ元気に動いている。これまでのところ大きなトラブルもなく、順調に育ってくれていた。

一也は本当の夫のように気遣ってくれ、出かければ必ず荷物を持ってくれるし、長時間歩くことがないように気を付けてくれた。

宗吾に会えない生活は寂しいけれど、お腹にこの子がいてくれるから、あまり悲観的にならずに済んでいた。僕はこのまま出産し、働けるようになったらここを出ようと思って密かに仕事を探し始めていた。

お腹の子が産まれてしまいさえすれば、また働くことができる。子育てしながら働くのは最初は大変だと思うけど、何とか食べていく程度なら旅館に住み込むとか……夜の仕事じゃなくても、どうにかなるんじゃないかと考えている。

都内で働くのにこだわらずに、どこか田舎に行って暮らすのもいいかもしれない。

そんな風に日々平和に過ごしていたのだが、ある日見知らぬ人物が一也の部屋を訪ねてきた。

『すみません、藤川志信さんはいらっしゃいますか』

インターホン越しに僕の名前を呼ばれた時は、心臓が止まるかと思った。ここに住んでいることを知っている人なんて、一也以外にいないはずなのに……？

『あ、切らないで。怪しい者ではありません。鳳と申します』

「おおとり……？」

宗吾の身内の人だ。お腹の子のことがバレたんだ……どうしよう、どうしよう……

——何で？　秋山さんがバラしたの？

『秋山さんからお金を預かってきましたので、お渡しします』

「えっ⁉」

秋山さんがどうしてお金を？　やっぱり彼女がバラしたのだ。いや、でも彼女は僕がここにいることなんて知らないはずなのに……

『藤川さん。お願いします』

ここで無視しても、きっと待ち伏せされるだけだろう。それにもう中絶できる二十二週は過ぎているから、相手になんと言われても突っぱねられるはず。

僕はオートロックを開けた。

そして少し待つと玄関のチャイムが鳴り、僕は仕方なくドアを開けた。

「志信！」

「宗吾……？」

え、何で宗吾が……!?

ドアの向こうには宗吾と、その後ろに背の高い男性が立っていた。

宗吾は突然僕を抱きしめると、苦しげに言った。

「会いたかった……！　志信、俺が悪かったよ。謝るからもう、俺を捨てるなんて言わないでくれ……」

「え、あ……え？」

捨てる……？

「捨てないで……お願いだ……」

「ちょっと、ちょっと！」

宗吾は何かもごもご言いながら、ずるずると僕にもたれかかって来た。重たくて支えきれないよ。

「あー……全くだらしのない奴だ」

背後にいた男性が宗吾を後ろから抱えて僕から引き離した。宗吾も大きいけど、この人は更に背が高い。

「え？　まさか宗吾……寝てるの？」

「見ての通り、酷い寝不足でね」

男性は宗吾の顔をグイッと持ち上げ、目の下を見せた。酷いクマができている。

「うわ……」

僕がいなくなって、また不眠症が再発しちゃったんだ。可哀想に……

「君に会ったら安心したみたいだ。やれやれ、悪いけどこの愚か者を中で少し寝かせてもらえるかな」

愚か者？　宗吾にそんなこと言うなんて、この人は何者なんだろう。

僕が怪訝《けげん》な顔で見ていたのに気付いて、彼が名乗った。

「失礼、自己紹介がまだだったね。俺は宗吾の兄の崇晶《たかあき》だ。よろしくね、志信くん」

「お兄さん……ですか」

兄弟の割にはあまり似ていない気がした。

僕は二人をリビングへ案内し、ソファで宗吾が寝られるようにした。崇晶さんは結構雑に弟をソファへ寝かせたけど、彼は微動だにせず深い眠りに落ちていた。

その後お茶を淹れて、ダイニングの席に着く。

「あの……どうしてここがわかったんです？」

「詳しい話はあいつが起きたら聞いてくれ。ああ、そうだ。これを渡さないとね」

崇晶さんは封筒を取り出した。分厚く膨らんだその中身を見ると、帯付きの札束が三つ入っていた。

「これ……！」

秋山さんに送金した三百万円全額じゃないか。

「あいつがちゃんと秋山をクビにして、その金も取り返した。だから、そろそろ弟を許してやってくれないか」

「え？　クビ⁉　いえ……そもそも許すも何も、宗吾さんは悪くないので」

「本当にそう思ってるの？」

崇晶さんは片方の眉をクイッと持ち上げた。

「はい……？」

「随分と人がいいんだな。俺が君なら宗吾のこと二、三発は殴ってるよ。ははは」

崇晶さんは楽しそうに笑った。

え、何言ってるの？

「こんな良い子をちゃんと捕まえておかずに逃すなんて、バカな奴だ。あいつが珍しく大事な人ができたなんて惚気《のろけ》るから、どんな人か気になって会いに来たんだ。それなのに、帰国してみたら君は出て行ったって、あいつが悲壮な顔で言うから驚いたよ」

え、大事な人って……僕が……？

「本当にあいつは、無能なアルファだよ。図体だけはこんなに大きくなったけど、中身は子供のままでね」

「あ……それ……」

「え？　何？」

「『無能な』って……」

「ああ、これは父の口癖でね。無能なオメガ、無能なオメガって昔からうるさかったんだよ。それを真似して宗吾まで言うようになって、俺はまだ小さい宗吾を叱ったものさ。さすがにもう言わなくなったがね。未だにあいつを『無能なアルファ』って言って戒めてやってるんだ」

「そうだったんですか……」

「その点君は、優秀なオメガだよ」

「僕が？　まさか」

何言ってるんだ？　僕みたいな鈍臭いオメガに。

「このオメガ嫌いな堅物男を惚れさせて、子づくりまで成し遂げた優秀なオメガだ。立派なもんだよ」

「なっ……」

随分と露骨な物言いに、頬が熱くなる。

「その……前に宗吾さんが電話で無能なオメガでも役に立つ、とか何とか言ってるのを聞いてしまったんです。それで僕は……そんな風に思われてるんだって……」

「あはは！　たしかに昔は本気でそう思い込まされていたんだよ。父親の厳しい教育のせいでね。俺はそれをとっとと抜け出して、弟に全部押し付けてしまった」

崇晶さんはチラッと宗吾の方を見た。

「そのせいであいつが会社を継ぐことになって、苦労をかけてるよ。まだ若くて経験が浅いから、プレッシャーもキツい。お陰で弟は不眠症って訳さ」

「そうだったんですか……」

苦労知らずなお坊ちゃん育ちだとばかり思っていた。だけど宗吾は宗吾で、表に出せずに抱えているものがあったのだ。

「ま、とにかく可哀想な奴だから、見捨てずに仲直りしてやってくれよ」

「見捨てるだなんて……」

可哀想な奴？　御曹司で社長の宗吾が……？　アルファで恵まれた家庭に生まれているのに、どういうことなのかな。

僕が宗吾をじっと見つめていると、崇晶さんが言った。

「俺と宗吾は、母親が違うんだ」

「あ……そうなんですか」

道理で似ていないはずだ。

「俺の母は早くに亡くなってね。後妻となった宗吾の母親は、あいつが小さい頃に男と出て行った」

「え！」

「オメガの綺麗な人だったよ。あいつは、母親に置いていかれたのを未だに引きずってる。さっきも君に捨てないでって言ってたのは、意識が朦朧として、記憶がごちゃごちゃになっていたんだろう」

何か様子がおかしいと思ったら、そういうことだったのか。

「妻が不倫して出て行ったのをきっかけに、父はオメガ嫌いになったって訳だ。まぁ、つまらない家のくだらない話だけどね」

『無能なオメガ』って、そういう意味だったんだ……

「ああ、すまない。ちょっとお喋りしすぎたようだ。じゃあ、後はよろしく頼んだよ」

崇晶さんは立ち上がった。

「あ、あの！　お腹の子のことは……ご親族の方々には、内緒にしていただけませんか？」

「ん？　そんなのいちいち言わないよ。それに、君たちは大人だろ？　周りが何と言おうと、君たち二人で決めればいい」

そして去り際に思い出したように尋ねられた。

「あ、そういえば志信くんの両親って、関西出身だったりする？」

「え？　ああ……父はわかりませんが、母の出身は京都だったかと……」

母の実家のことは、出身地以外ほとんど聞かされたことがなかった。

「そうか。それじゃあ」

崇晶さんは笑顔で帰っていった。

そのまましばらく宗吾を寝かせておいたが、彼は夕方頃ようやく目を覚ました。

「う……くそ、寝てしまったのか」

キッチンで料理の下ごしらえをしていた僕は、包丁を置いて振り返った。

「よく眠れた？」

「ああ……申し訳ない。謝りに来たのに、まさか寝るとは」

「寝不足、酷かったんだね」

宗吾は身体を起こし、僕の方をじっと見つめた。

「ああ。君がいないと、俺はダメなんだ。眠ることすらできない」

窓から差し込む夕日が逆光になっていて、彼の表情ははっきりしなかった。

「宗吾……」

「頼むから帰ってきてくれ。何でもするから。君が辛い時に気付いてあげられず、本当にすまなかった」

「それは僕が隠したから……あ！　そういえば秋山さんがクビになったって聞いたよ。どういうこと？　お兄さんからこのお金を渡されたんだけど……」

僕はダイニングテーブルに置いたままの封筒を宗吾に見せた。

「ああ。君が家を出て行ってから、心配でな」

宗吾は少し言いにくそうに口ごもった。

「何？　どうしたの？」

「ごめん。志信のことをプロに頼んで、調べてもらったんだ。それで……秋山くんのこともわかってきて……彼女から何もかも全て聞いたよ。それで彼女は解雇して、お金は返してもらった」

え！　じゃあ、僕が妊娠しているのも知ってたってこと？

「秋山くんのことは今まで知らなかったとはいえ、俺が守ってやれなくて本当にすまなかった」

彼は床に手を突いて謝ってきた。

「や、やめてよ！　顔上げてってば」

「君が出て行って、友人の所へ行くと言ったから、ここに来ているのは見当がついていた」

宗吾はヒート中、僕がホテルに一也を呼んだことを気にして、一也のことは一通り調べていたらしい。それで彼がベータだとわかっていたから、お腹の子は自分の子だと確信した。

その後は定期的に僕の様子を調べさせて、安全を確認していたそうだ。

「ストーカー紛いのことをしてすまない。気持ち悪いよな？　でも、心配で心配で……俺は君にレイプ犯だと思われてるから、直接近づくことはできないし……」

「あ……」

そっか。僕がキツめの拒否理由をでっち上げちゃったから……まだあの嘘を信じてるんだ。

「ご、ごめん。宗吾、僕宗吾にレイプされたなんて思ってない。あれは、出て行くための口実だったんだ」

「何？　どういうことだ？」

「だから、その……お腹の子のことを黙って出て行くために、仕方なく……嘘をついたってこと」

「なっ」

宗吾は立ち上がってこちらに歩み寄ってきた。

「何で！　どうしてそんな嘘ついたんだ⁉」

そのまま宗吾に両肩を掴《つか》まれる。

――ここまでバレてしまったら、もう気持ちを隠す理由もない。

「ごめん。僕は……仕事なのに、一緒に住んでるうちに宗吾のことを好きになっちゃったんだ。それで、子供までできちゃって……宗吾はオメガが嫌いだし、僕との子供なんて望んでないだろうから、隠して逃げようと思ったの」

宗吾は両手で自分の顔を覆った。

「あー……なんてことだ。本当に君は……」

「宗吾？」

僕が呼びかけると、彼は顔からぱっと手を離す。

「俺が君との子を望んでいないって？　どう見ても君のことを好きで仕方ない、この俺が？」

「え……？」

宗吾は僕の両手を握った。

「君は俺のことが好きなのか？」

「うん……」

「俺も好きだよ、誰よりも愛してるし、絶対誰にも渡したくなくて、もう気が狂いそうなんだ」

「え……？」

彼は僕の手を持ち上げ、手の甲に口づけした。

「俺と結婚してずっと一緒にいてほしい。もうどこにも行かせないからな。こんな思いをするのはもうたくさんだ。愛してる、志信」

「え？　嘘だよね……？」

突然のプロポーズが信じられず、僕は間の抜けた質問をしてしまった。

「ちゃんと君に思いを伝えてなかったのが悪かったんだ。でも、君もどうして何も言わずに、勝手に決めて出て行ってしまうんだ？」

「ごめんなさい……。でも僕、宗吾とは生きてる世界が違いすぎて……僕との子供が生まれたら、きっと将来、宗吾の邪魔になるって思ったんだ。たとえ宗吾が僕を気に入ったとしても、ご家族や、周りの人が許さないだろうって……秋山さんもそう言ってた」

しかし宗吾は首を振った。

「そんなことない。誰が何と言おうと、俺は君以外との結婚は考えられない」

「宗吾……本当に僕でいいの？」

「当たり前だろう。秋山くんなんかじゃなく、俺の言葉を信じて。誰にも文句は言わせないから」

――本当に？　信じていいの……？

「帰ろう、俺と一緒に」

宗吾は僕の顎を持ち上げて、そっと唇を重ねた。鼻腔をくすぐるアルファの香り――僕がずっと求めていた宗吾のフェロモンが、甘くやわらかに僕の全身を包む。

彼の胸をそっと押して唇を離すと、僕は答えた。

「うん。来てくれてありがとう」

「迎えに来るのがこんなに遅くなって申し訳なかった。君に拒絶されて、会いに来る勇気が出なかったんだ。今日は、兄さんに連れて来られた」

「そうだったんだ」

「俺の母親はオメガで——俺が四歳の時に父と俺を置いて、他の男の所へ行ったんだ」

——あ。それ、さっきお兄さんから聞いた話だ。

「相手は運命の番《つがい》だった。俺は子供ながらに、自分の子を捨ててまで男に走らせるようなオメガの本能を憎んだよ」

「そんなことが……」

「それから俺も父もオメガを嫌うようになった。父は特に、本能に従うオメガのことを無能だってこき下ろすようになった」

宗吾は僕の手を握った。

「俺達は運命の番《つがい》だろ？　だからこそ俺は……君に好きだって言えなかった。こんなのは、ただ本能に流されてるだけじゃないかって怖くなったんだ」

「え？　は？　運命の番《つがい》……？」

何の話？

僕が唖然としていたら宗吾が眉を顰《ひそ》めた。

「おい、まさか気付いてなかったなんて言わないよな？　運命の番《つがい》でもなきゃ、こんなに相性が良い訳ないだろ」

「え？　何で？　いつから知ってたの？」

「知ってたっていうか、俺は君の匂いしか受け付けないから、そうだろうなって思ってるだけだが」

「な……何で……僕が……え？」

じゃあ、僕がこんなに宗吾のこと好きなのも、運命の番《つがい》だから当然だったってこと？

好きにならないようにってすごく頑張ったのに、無駄だったってこと？

「俺は志信に出て行かれて、死ぬほど辛かった。昔母に置いていかれた上に、今度は運命の番《つがい》にまで捨てられたと思って……」

わわ、宗吾、涙ぐんでない？

「ちょ、ちょっと待って！　捨ててなんかいないよ。ごめん！　ごめんね、ほら、よしよし」

僕は慌てて宗吾を抱きしめて背中を撫でた。僕よりずっと大きな背中なのに、まるで迷子になった子供のようで、胸が締め付けられる。

「宗吾がいいなら、一緒に家に帰ろう。赤ちゃんもってことだけど……本当にいいの？」

「いいに決まってる！　俺の子だ……。他の誰にも渡すもんか」

「あ、ちょうど今蹴った。パパだってわかるのかな？　ほら、触ってみなよ」

彼はちょっと躊躇《ためら》った。神妙な顔でお腹を凝視している。

「い、いいのか？　俺が触っても……」

「何言ってるの、いいに決まってるじゃない。ほら。この辺」

僕は足で突っ張られている辺りに宗吾の手を乗せた。しかし、彼は首を捻る。

「……全然動かないぞ」

「あれー？　恥ずかしくて、蹴るのやめちゃったかな？」

「くっ……」

宗吾は悔しそうに顔を歪めた。何だかちょっと笑える。

「まあまあ、これからいくらでも触れるでしょ」

「俺がずっと君たちを放っておいたから、その子が怒ってるのか……」

「あはは、そんなことないと思うけど」

ちょっとある――かな？

その時、リビングのドアが開いた。

「ただいまー」

一也が帰ってきたのだ。いつの間にか日が暮れて、部屋の中は薄暗くなっていた。

「あ、お帰り一也」

「何だ、電気も付けないで……って、あんたは……」

「お邪魔してます」

狭い部屋で大柄な男二人が睨《にら》み合いを始めてしまった。

「えっとー……、とりあえずお茶淹れるから座ろう」

◇　◇　◇

「という訳で、お騒がせしました」

僕は全て一也に説明して、宗吾と一緒に頭を下げた。

「妻が色々と、お世話になりました」

「ちょ、まだ妻じゃないから！」

「ふん、迎えに来るのは遅いくせに、随分と気だけは早いんだな」

二人はまたしても険悪なムードを漂わせて睨《にら》み合う。

しかし、一也の方が先に折れてため息を吐いた。

「まぁ、誤解が解けたなら良かったよ。お前らお互い、ちゃんと話し合う癖つけろよ。じゃないと、同じことの繰り返しになるぞ」

宗吾は眉を寄せつつも、素直に「はい」と返事した。

「今度家出しても、俺は泊めないからな。わかったな？」

釘を刺されて、僕は頷いた。

「はい……」

「じゃあ荷物まとめて、とっとと出てってくれ。狭くて仕方なかったんだよ。あー、これでやっと広々暮らせるぜ」

僕が気を遣わないように、わざとそんなことを言う一也に胸が熱くなる。

「ありがとう、一也」

「泣いてる場合かよ。この後結婚するなら、もっと大変だろ？　出産も控えてるしな。しっかりしろよ、社長夫人」

「やめてよ、そんなんじゃないって」

僕は涙を指で拭《ぬぐ》いながら微笑んだ。


そして僕は宗吾の家に戻ることになり、その前にある場所へ行くことになった。

一也のマンションを出て、車を運転しながら宗吾は意を決したように口を開く。

「なぁ、志信。相談なんだが――」

「ん？　なあに？」

「今から、俺の父親に会ってみてくれないか」

「えっ」

突然の申し出に僕は驚いて、目を見開いた。

――たしかにプロポーズは受けたけど、オメガ嫌いだっていうお義父《とう》さんに、いきなり会いに行って大丈夫なの……？

「志信は俺の身内や立場を気にして、身を引こうとしたんだろう？　だから、家に帰る前に俺の父親に結婚を認めてもらおう。そしたら君は、気兼ねなく俺と一緒にいられるよな。それに、志信のお腹には父さんにとっての初孫がいる。そのことも、きちんと報告したいんだ」

――ああ、そうか。僕って身内が全くいないから思いつかなかった。そうだよね、お義父《とう》さんにとって大事な息子である宗吾に子供ができたなら、気になるにきまっている。

僕のことを気に入らないかもしれないからって、逃げてばかりじゃお腹の子にも申し訳が立たない。

僕は宗吾の提案を受け入れることにした。

義理の父親になる人に嫌われたらちょっと悲しいけれど、嫁はともかく、孫のことを嫌うおじいちゃんっていない……よね？

最悪、僕は追い返されるかもしれないけど、お腹の赤ちゃんのことだけでも認めてもらいたいな。

僕としてはもう嫌われる覚悟を決めていたんだけど、僕がお義父《とう》さんと会うのを嫌がると思っているのか、宗吾が妙なことを言う。

「俺の父親はオメガ嫌いだけど、多分、志信なら大丈夫だから」

「え、どうして？」

そんな気休め言わなくてもいいのに。

オメガが嫌いなら、きっと僕と打ち解けてくれるまでには時間がかかると思う。そんなことは頭の悪い僕でもわかるのに、宗吾はたまによくわからない所で気を遣う。大抵は強引というか、自分勝手な割にね。

「実は兄さんがさっき電話で、志信なら父さんに気に入られるだろうって言ってたんだ」

「――そうなの？」

僕は首を傾げた。

何だかよくわからないけど、宗吾の家族はまだ兄の崇晶さんにしか会ったことがないから、お義父《とう》さんに会うのはちょっとだけ楽しみだ。彼の兄は見た目も性格もあまり似てない気がしたけれど、話を聞く限り、何となくお義父《とう》さんは宗吾に似ていそうだし……

「志信、大丈夫だから俺を信じて」

「うん」

ここは素直に頷くことにした。以前はまさか本気で宗吾に愛されているだなんて思わなくて、すれ違ってしまった。だからこそ、宗吾はこうやって僕を安心させようとしてくれてるんだよね。

そんな彼のことを信じてみよう。

赤信号で車が停止したタイミングで、宗吾が言う。

「なぁ、出産してまたヒートが始まったら――俺の番《つがい》になってくれるか？」

「え……」

結婚どころか、付き合ってもいないうちに妊娠してしまったから、僕たちは番《つがい》にはなっていない。

僕のうなじに宗吾の手が伸び、つーっと指でなぞられて思わず声が出た。

「んっ」

「志信のここ、早く噛みたいよ」

以前ヒート中に、ネックガードの上からガツガツと噛まれて周りが傷だらけになったことがあった。その時の痴態を思い出して、顔が熱くなる。

「うん。次のヒートが来たら……噛んで」

「良かった。断られたらどうしようかと思ったよ」

「断る訳ないよ」

宗吾は僕の唇を親指ですっとなぞった。

「それはわかってるんだが……ずっと君に会えなかったから不安で」

「僕だって、早く宗吾のものになりたいよ」

宗吾の目を見つめて思わずそうつぶやくと、彼が目を細めた。

「おい、煽ってるのか？　俺がどれだけ我慢してきたと思ってるんだ」

「あ……ごめん」

僕が家出をしてから当然彼とスキンシップしていないので、宗吾にとっては寝不足も含めて辛い日々が続いていたのだろう。出産するまではヒートが来ないから、番《つがい》にはなれない。それでも、早く彼に触れられたくてたまらなかった。

「次のヒートが待ち遠しいよ」

そう言って宗吾は信号が変わる直前にさっと僕の唇を奪った。

信号が青になったと同時に体を離すと、宗吾は車のハンズフリー機能で電話をかけ、お義父《とう》さんと実家で会う約束を取り付けた。

義父は東鳳エレクトロニクスの会長で、今も現役で采配を振るっている。社長は宗吾だけど、未だに重要な意思決定は会長の意向が汲まれることが多いらしい。

あの秋山さんを秘書として採用したのも、義父なのだそうだ。彼女はクビになった後、今は株式会社YAMANEの社長秘書をしているみたい。何度か社長室で会ったことがある恰幅のいい社長を彼女は嫌っていたはずなのに、どうしてまた秘書になんかなったんだろう？　宗吾に理由を聞いても「さあ？　趣味が変わったんじゃないか」としか答えてくれなかった。

ところで僕は、これから会う義父のことを、お腹の子のおじいちゃんなのだから勝手に年配だと思っていた。だけど、宗吾に聞いたら彼は五十四歳で、まだまだ若い。うっかり「おじいちゃん」なんて対面で口にしないように気を付けないとな。

そんなことを考えていたら、宗吾の実家が近づいてきた。まさか今日義実家を訪問するだなんて思っていなかったので、自分がマタニティ用のゆるっとした服を着ていることにふと気が付く。

「ねえ、そういえばこんな普段着で、お義父《とう》さんに会っていいのかな？」

「別にいいだろ？　似合ってるよ」

――似合ってるって言われても……

現在妊娠七ヶ月で、もう普通のボトムスだとファスナーが上がらない。だから、ウエストがゴムになっているストレッチ素材のパンツを履いている。トップスはウエスト部分を覆うようなオーバーサイズの白いシャツ姿だ。とてもじゃないけど、義実家へ結婚の報告に伺うような服装とは言えない。

僕は一也の部屋に居候している間、いわゆる無職状態だったので、外に出るといっても買い物くらい。人に会う機会もほとんどなく、見た目にもあまり気を使わなくなっていた。そのせいで、実は前回の健診時に体重の増加を指摘されたところだった。このままじゃお義父《とう》さんどころか、宗吾にまで嫌われてしまうかも……

「どうした？　急に黙り込んで」

「え、あ、何でもない。ちょっと太ったし、こんな服だからみっともないと思って……」

前より少し丸みを帯びた頬と顎を撫でる僕を見て、宗吾が笑みを浮かべる。

「そうか？　前は痩せすぎなくらいだったし、俺は少しふっくらした今の君も好きだけどな」

「ううん、ダメだよこんなの。お義父《とう》さんにも印象悪かったらどうしよう」

だってお医者さんが気をつけろって言うくらいなんだよ。ああ、もうダメかも！

僕が俯《うつむ》いて眉間にしわを寄せていると、運転席から宗吾がまた気遣わしげに声をかけてくる。

「なあ、そんなに気にしなくて大丈夫だよ。志信は自分で思ってるよりも綺麗だから。父さんも、ひと目見たら、すぐに志信のことを気に入るさ」

な？　と言ってハンドルから片手を離し、前を向いたまま僕の手を握ってくれる。宗吾の優しさに少しだけ勇気付けられて、僕は頷いた。

「うん。ありがとう。ちょっと緊張するけど、頑張るね」

――宗吾がついててくれるんだから、きっと大丈夫だよね。

◇　◇　◇

宗吾の実家は閑静な住宅街に佇む一軒家で、周り一帯の家も見渡す限り全部立派——僕が昔住んでいた地域とはえらい違いだった。

どういう家なのか想像もしていなかったけど、宗吾って御曹司なんだよね。僕なんかが結婚相手で本当にいいのかな……

「大丈夫」って宗吾は言うけれど、今まで訪れたことのないような格式高い邸宅を前に足がすくみ、帰りたくなってきた。

「宗吾、どうしよう。やっぱり秋山さんみたく、どこの馬の骨とも知れないオメガは帰れって言われたら……」

「え？　おいおい、また青い顔してどうしたんだよ。だから言っただろ？　兄さんからちょっとした入れ知恵してもらってるから、きっと大丈夫だよ」

「それってどういうことなの？」

「まあ、会ってみてのお楽しみってことで……」

車がガレージに近づくと、センサーが反応したのかスピーカーから女性の声がし、自動でシャッターが開いた。彼の母親は出て行ってこの家にはいないはずだから、今のはお手伝いさんだろうか。

車を停めた後、家の中に案内される。

「玄関広……」

温かみのある板張りのエントランスを通ってリビングに入る。革張りのソファも床板や天井もダークブラウンで揃えてあり、落ち着いた雰囲気の部屋だ。窓からは、綺麗に手入れされた庭が見えている。

案内してくれた女性に促され、ソファに座って待つ。

お茶を飲んでしばらく待ったけれど、義父はなかなか現れない。それで宗吾がしびれを切らして立ち上がり、「呼んでくる」と言って勝手にリビングを出て行った。

階段を上がっていく音がする。どうやら義父は二階にいるらしい。僕は一人ぼっちで所在なく、時計や庭を見つめて座っていた。

すると、上の階から宗吾の大きな声が聞こえてきた。

「妊娠中で具合悪い相手を待たせてるんだから、早くしてくれよ！」

宗吾の言う通り、子宮が大きくなり胃が圧迫されるせいで、夕方頃になるとしんどいこともしばしばだった。それにしても、自分の父親に向かってそんな言い方って……。僕は可笑しくなって誰もいないのをいいことにクスッと笑ってしまう。

お義父《とう》さんの声は、低くてあまり聞こえてこない。

そこから宗吾がまた何か言ってるのが聞こえて、その後お義父《とう》さんの怒鳴り声がした。

「だから、私はオメガの嫁など認めないと言ってるだろう！　しかも私に何の相談もなく勝手に妊娠させるとは、どういうつもりだ！」

「いい加減、父さんも意地張るのやめろよ。オメガの母さんのことが好きだったくせに！」

「何ぃ!?」

あらら……喧嘩が始まっちゃった。僕は膨らんだお腹を撫でながらつぶやいた。

「どうしようねぇ？　パパとおじいちゃん、喧嘩始めちゃった。覗きに行っちゃう？」

可愛い孫がお腹にいる姿を見たら、少しは和んでくれるかもしれないし。

僕は大きなお腹で足を踏み外さないよう、慎重に階段を登った。

他所のお宅にお邪魔して勝手にうろうろするのはお行儀悪いけど、喧嘩の仲裁ってことで……

階段を登って、廊下に出た。二人はまだ言い争っている。

「俺だって、母さんにはずっと腹を立ててたよ。だけどそれってつまり、母さんのことが好きだったからなんだよ。父さんだってそうだろ？　別にオメガ全体が悪い訳でも、憎い訳でもないんだ」

「うるさい、黙れ。お前に何がわかるっていうんだ」

「わかるよ。だって母さんに置いていかれたのは、俺も父さんも同じだろ」

「いいから、もうその話はやめろ」

声がする部屋のドアが開いていたので、軽くノックして顔を覗かせた。

「すいませーん」

「ああ？」

義父と宗吾が同時に僕の方へ振り向いた。お義父《とう》さんは細身のダンディなおじさまで、何十年後かは宗吾もこうなるんだろうな、という容姿だった。

「あの、勝手に上がってしまってすみません。喧嘩を止めないと、と思いまして……その……、はじめまして。藤川志信と申します」

僕は部屋の中に入って頭を下げた。

「それで、こちらが僕と宗吾さんの子です。この間の健診で、男の子ってわかりました」

僕が自分のお腹に手を当てて示すと、義父は息を呑んだ。

――うわぁ、お義父《とう》さん怒りすぎて固まっちゃってる？　目が飛び出そうなくらい見開いちゃってるよ……

一体何を言われるか戦々恐々としていたら、義父がぽつりとつぶやいた。

「しほりちゃん……？」

……え？

「何で……しほりちゃんが……しかも、全盛期の松永《まつなが》しほりじゃないか……」

「は、はい……？」

誰？　まつながしほりって……？

僕がぽかんとしていたら、宗吾が咳払いをした。

「父さん。彼は松永しほりじゃない。俺の妻の志信だ」

「なんてことだ……こんなに似た人間が、この世にいるのか？　美しい……」

義父が歩いて僕の目の前にやってきた。そして手を取って両手で握手をされる。

美しい……？

「信じられない。温かい……生きてる」

「いや、生きてるに決まってるだろう」

お義父《とう》さんはすかさずつっこみを入れた宗吾のことを睨《にら》んだ。

「お前、何で今までしほりちゃんのことを隠してたんだ？」

「だから、しほりじゃないって言ってるだろう。し・の・ぶ！」

「志信くんか。ゴホン、失礼。あまりにも松永しほりにそっくりで、取り乱した。私は、宗吾の父の義宗《よしむね》だ。よろしく」

「こちらこそ、よろしくお願いします」

見つめ合う僕と義父の横で、宗吾がイラついた声を出す。

「おい、父さんもういいだろ？　手を離せよ」

「ああ、これは失礼」

お義父《とう》さんはぎゅっと握っていた僕の手をやっと離してくれた。

「こんな所で立ち話も何だから、下へ行こう」

◇　◇　◇

全員でリビングへ戻ると、お手伝いさんがお茶を淹れ直してくれた。

お義父《とう》さんはさっきまでの剣幕はどこへやら、すっかり和やかな顔になっている。

「改めて、今日はよく来てくれたね。いやはや、あんなみっともない喧嘩を聞かせてしまって申し訳ない」

「ふん、志信の顔を見るまで、オメガの嫁は認めないとか言ってたくせに」

「うるさいぞ、こんな美人だとは思っていなかったんだよ！」

「美人ならオメガでも何でもいいのか」

「バカを言うな、しほりちゃんがいいんだ」

お義父《とう》さんは松永しほりという女優の大ファンらしい。僕は元々テレビを見ない人間だったので、昔の女優は全く知らずピンと来ない。そこでさっきＤＶＤのパッケージを見せてもらったら、自分で言うのもなんだけど、たしかに似ていた。派手さはないけど、古風な美人という印象。

「本当に、超全盛期のしほりちゃんが目の前にいるようだよ……まるで夢みたいだ……志信くん。こんな未熟者じゃなくて、私と結婚してもいいんだよ？」

「冗談やめろよ、父さん」

「ちょっと言ってみただけだ。真に受けるな」

言い方が親子そっくりなので、漫才みたいで笑ってしまう。

嫌われる心配をしていたけど、何だかおかしなことになっちゃったな。まさか女優に似てるからって理由で好かれるなんて、思いもしなかった。

「ところで、そのお腹の子はいつ出産なのかな？」

嬉しいことに、お義父《とう》さんは孫にも興味を示してくれた。

「今七ヶ月なので、あと三ヶ月です。よかったら触ってみますか？」

僕がそう言うと、義父は遠慮して手を振った。

「いやいや、宗吾がすごい目で睨《にら》んでいるから、やめておくよ」

お義父《とう》さんはそれでも嬉しそうに目じりを下げて僕のお腹を見つめた。

「ぼうや、じいじだよ〜。早く出てきて、可愛いお顔を見せておくれ」

じいじなんて見た目じゃないから、こんなことを言ってくれるなんてちょっと意外だ。でも、喜んでもらえて良かった。

……と思ったら、急にお腹の中の子が僕のお腹を蹴った。

「あ、今お義父《とう》さんの声に反応して蹴りましたよ！」

「本当かい？　嬉しいねぇ。だけど、具合が悪いところをあまり長く引き止めちゃいけないな。お茶を飲んだら、帰ってゆっくり休みなさい」

お義父《とう》さんと実際会う前はどうなることやらと思ったけど、僕たちの関係を受け入れてもらえて良かった……

宗吾もホッとした様子でこちらを見て頷いた。

「父さん。俺達、結婚するからな」

「ああ。わかってるよ。もう反対はしない。そうと決まったら、結婚式の準備だな」

「全く、気が早いな」

「大事なことだろう。社長のお前が身を固めるんだから、皆に報告しないと」

「やれやれ。さっきまでオメガの嫁は認めないなんて言ってたのは誰だよ？」

「私も、意固地になり過ぎていたと認めるよ。本当はもっと前に、過去のことなんて忘れるべきだった」

「そうだな……」

「孫が生まれると思ったら、くだらない意地を張っていたのがばかばかしくなったよ。私はこれから、孫のために生きることにする！」

意気揚々と宣言した義父に笑顔で別れを告げて、僕たちは義実家を後にした。

帰りの車で僕はホッと息をついた。

「あ〜、緊張したけど、お義父《とう》さんと仲良くなれそうで良かった」

「ありがとうな。あのタイミングで志信が顔を出してくれなかったら、父さんを説得できないところだったよ」

宗吾もこれでようやく肩の荷が下りたようだった。

「ねえ、宗吾はお義父《とう》さんの好きな女優さんに僕が似てるってこと、知ってたの？」

「ああ。兄さんが教えてくれたんだ。でも、こんなに効果あるとは思わなかったよ」

「うん。びっくりした……だけど、お陰でお腹の子のことも可愛がってくれそうで、嬉しい」

自分が芸能人に似ているなんて、思いもしなかった。子供の頃からいかにもオメガだとわかりやすい自分の容姿があまり好きじゃなかったけど、この見た目が役に立つこともあるんだ。

運転しながら、宗吾が思い出したように言う。

「あ、そういえば……兄さんが次日本に帰国したときに、志信に話したいことがあるってさっきメールをくれたんだ。会ってもらえるか？」

「そうなんだ。もちろんいいよ」

「松永しほりのことで、話したいと言ってた」

「え？　女優さんのこと？」

どうしてわざわざ僕と会って芸能人の話なんてしたいのだろう。

「兄さんは舞台美術の監督をやってて、その関係で松永しほりと面識があるらしい。それでちょっと、君に話があるって」

「どういうこと……？」

「俺もよくわからないんだ」

――一体何だろう。

◇◇◇

そして数週間後、宗吾の兄である崇晶さんが帰国して僕たちの家にやって来た。

「志信くん、久しぶり。元気そうだね。宗吾にいじめられてない？　大丈夫？」

「その節はありがとうございました。そんな、いじめられてなんかいないですよ」

兄の物言いに宗吾はムッとした表情で言い返す。

「何だよ、それ。俺が志信をいじめる訳ないだろ」

「そうか？　ならよかった。そうだ、出産前でちょっと早いけどこれ、お腹の赤ちゃんに」

「わあ、ありがとうございます！」

崇晶さんはロンドンを拠点に仕事をしているらしい。次にいつ帰国できるかわからないから、向こうで乳幼児用のブランケットやぬいぐるみを調達してきてくれたのだという。

その他に、紅茶やクッキーもお土産に渡してくれた。

早速頂いた本場英国の紅茶を淹れさせてもらう。

カフェインの関係でたくさんは飲めないけれど、とってもいい香りなので僕も数口だけ頂いた。

「それで？　父さんの所へ二人で行ってきたんだって？」

「あ、はい。お陰様で、無事ご挨拶させてもらえました」

崇晶さんは嬉しそうに微笑む。

「喜んでただろ？　志信くんのこと」

「はい。松永しほりさんって女優に似てるって……」

「そうなんだよ。俺は君の写真を宗吾に見せられた時、びっくりしたんだ。ちょうど仕事で彼女の舞台をやった後だったから、あんまりそっくりでね」

「そうでしたか。お義父《とう》さんも、それですぐに打ち解けてくださってよかったです。他人の空似でも、こんなことってあるんですね」

「それがね、他人の空似じゃあないんだ」

「え……？」

崇晶さんはジャケットの内ポケットから一枚の紙を取り出した。

「これを見てもらえるかな」

「何ですか？」

折り畳まれた紙を開いてみる。それは、ある写真をコピーしたものだった。

そして写っている人物は――

「これって……まさか僕の母……？」

「そう、それからその横にいるのは、若い頃の松永しほりさんだ」

二人とも、まだ二十歳になるかならないくらいの年頃に見える。振り袖姿で門の前に並んで写っているが、その顔はとてもよく似ていた。

若い頃の母と松永しほりが、どうして一緒に……？

僕は混乱した。

「あの……すいません、どういうことなんでしょうか」

「おそらくしほりさんは、君のお母さんの妹さんだ」

「え……？」

「お母さんの名前は雪乃《ゆきの》さん、だよね？」

「はい……はい、そうです」

今まで、母は自分の生まれのことはほとんど話してくれなかった。京都出身で、たまに関西訛りが出るということしか知らなかったのだ。

それが今になって、身内がいるとわかるだなんて……

「君のお母さんは、京都の日本舞踊の家元の長女だったんだ。しほりさんは、次女でね。松永っていうのは芸名で、今の本名はご主人の柳原《やなぎはら》になっている。彼女の旧姓は、藤川《ふじかわ》なんだ」

「藤川……！」

母や僕と同じ苗字だ。

「父も、彼女の本名が柳原だということはもちろん知っている。だけど、さすがに好きな女優とはいえ、旧姓までは知らなくてね。まだ、君が松永しほりさんの甥っ子だとは知らないんだ」

「そうなんですか……僕があの女優さんの甥……？」

「そう。それで急なんだけど、俺がこっちにいる二、三日の間にしほりさんと会ってもらえないだろうか？」

「え？」

「彼女に君のことを話したら、ぜひ会いたいと言っていてね。お姉さんのことをすごく心配していて……亡くなったのも、知らなかったそうなんだ」

会う……？　母の身内と……？

僕が突然知らされた事実に呆然としていたら、宗吾が肩を抱いて気遣わしげにこちらを覗き込んできた。

「志信、大丈夫か？」

「あ、うん。ちょっとびっくりして、頭が混乱しちゃって」

崇晶さんは申し訳なさそうに眉を下げた。

「急に悪いね。君のお母さんが京都出身と聞いてピンと来たけど、確証がなくて。しほりさんに話を聞いてみたら、昔お姉さんが失踪していたってことだったから」

「そうでしたか……」

「どうかな？　きっと君のお母さんのことも話してくれると思うし」

突然のことでびっくりしたけれど、母のことを知る人なんて今までいなかった。もし可能なのであれば、その女優に会って話してみたいと僕は思った。

「あの……ご迷惑でなければ、松永さんにお会いしたいとお伝えください。僕はこれといった予定はないので、いつでも大丈夫です」

「良かった。ありがとう、志信くん」

こうして僕は、初めて母の身内と対面することになったのだった。


崇晶さんが家に来た二日後に、女優の松永しほり——つまり僕の叔母と会うことになった。

老舗ホテルのラウンジで待ち合わせをし、僕は仕事で来られない宗吾の代わりに崇晶さんと一緒に待ち合わせ場所へ向かった。

庭園の滝が見える窓際の席でコーヒーを飲みながら待っていたら、サングラスと帽子を身に着けた女性が入店してきた。顔を隠していても、何となくこの人が一般人じゃないというのが感じられた。

その女性は崇晶さんを見つけると、サングラスと帽子を取ってこちらに近寄ってきた。松永しほりだ。

「お久しぶりね、鳳さん。それから、ああ。なんてこと……」

そこで彼女は言葉に詰まって、涙ぐんだ。僕は立ち上がって礼をする。

「はじめまして。藤川志信と申します」

「志信くんね。はじめまして、柳原しほりです。あなたのお母さんの妹よ」

しほりさんが手を差し出したので、握手をした。ほっそりとして手入れの行き届いた、すべすべの美しい手だった。

僕は自分の母が亡くなる直前の、痩せて骨と筋ばかりになったカサカサの手を思い出した。胸が押しつぶされそうになり、急に涙が溢れ出てくる。

――母さんはこの人みたいに生きられたかもしれないのに、どうして……

僕が泣くのを見て、彼女は突然僕を抱きしめた。

「ごめんなさい……。雪ちゃんが亡くなったなんて知らなかったの。ごめんなさい、ごめんなさい。私がもっとちゃんと探していれば……」

◇　◇　◇

僕たちは崇晶さんに促されて席に着いた。頃合いを見計らって現れた年配のウェイターに、しほりさんは紅茶を注文する。

「ごめんなさい、いきなり取り乱しちゃって。志信くんの顔を見たら、雪ちゃんのことを思い出してしまったの……。懐かしくてたまらないわ。もう一度だけでいいから、会いたかった」

しほりさんは目を赤くしながら涙を堪《こら》えて話を続けた。

「元気にしているんだと思っていたわ。まさか、葦原《あしはら》さんとも連絡を絶っていたなんて、思ってもみなかったし――」

「葦原さん……？」

急に聞いたことのない名前が出てきて戸惑った。

「え？　まさか、聞いていないの？　葦原さんのこと」

彼女は驚いて目を見開いた。

「すみません、その方のことは全く存じ上げません」

「ああ……、そうなの、そういうことなのね……。なんてこと……」

彼女はかなり動揺した様子だった。

「姉が黙っていたことを私が言ってもいいのかわからないけど、でも、あなたには知る権利があると思うわ。葦原さんというのは、あなたのお父さんよ」

「あ……」

そういうことか――

この人は、僕の父を知っているんだ。

「しほりさんは……父をご存知なんですね？」

「知っているという程ではないのよ。姉と葦原さんは高校の同級生で、私は妹っていうだけだったから。何度か話したことはあるけれど、親しくはなかったわ。今回の件を聞いて、慌てて連絡先を調べて電話したら、あちらも姉の死を知らなくてびっくりしていた」

「そうですか……」

自分の叔母だけでなく、父のことまで明らかになるなんて思っていなくて、鼓動が速くなる。

「それどころか、向こうはあなたの存在すら、知らされていなかったのよ」

「え？」

「姉は、あなたの父親には妊娠したことを知らせずに、失踪したようなの」

「そ、そうだったんですか……？」

じゃあ、母は本当にたった一人で僕を育てていたんだ。僕はこれまで、母は父と駆け落ちでもしたんだろうと思っていた。そして父は事情があって、母の元を去ったか亡くなったのだと……

でも、最初から母は誰にも頼らずに僕を育てる気だったのか。

「あの、母はどうして父に僕のことを隠していたんでしょう？」

「それは、私も憶測でしかわからないけど……でも、わかる範囲で良ければお話しするわね」

「お願いします」

しほりさんは紅茶のカップに口をつけた。

僕も喉がカラカラになっているのに気付いて、冷めたコーヒーを口に含んだ。苦い。

「どこから話したら良いかしら……。うーん、そうね。まず、ショックを受けそうなことだから先に言ってしまうけれど、あなたのお父さんは現在結婚して、家庭を持っているわ」

「はい、それは……年齢的にそうでしょうね」

仕方がない。僕の存在を知らなかったなら尚更だ。それほどショックを受けることもなく、きっと僕くらいの子供もいるんだろう、と冷静に想像できた。

「それで、今はある会社の社長夫人として、自身も役員に名を連ねて仕事をしているわ」

「社長夫人……？」

「そうよ。あなたのお父さんは葦原京子《あしはらきょうこ》さんといって、アルファの女性なのよ」

「えっ！　女の人なんですか？」

僕の父って女性なんだ……。そうか、自分だって宗吾と結婚しようとしてるんだもんな。

なぜか父は男性だと思い込んでいたけど、女性だということもありえるんだ。

たしかに、アルファの女性はオメガの男女を妊娠させることができる。しかしそれは稀なケースだ。

この世の中で大多数を占めるベータの価値観は根強い。なので、男性オメガでも女性と結婚する人は多いし、女性のアルファは男性と結婚する割合が高い。

しかも、女性アルファが相手を妊娠させるためには身体的な制約も多く、全ての女性アルファがオメガの男女を妊娠させられる訳ではない。その能力を有するのは、一部の女性アルファに限られている。

「僕の母とその葦原さんという方は、昔は恋人同士だったけど別れた、ということですか？」

「そうね。私も詳しい訳ではないんだけど……、少なくとも、高校時代には彼女たちは付き合っていたわ。卒業して、二人とも別々の大学に通うようになって、それでも葦原さんとのお付き合いは続いていた。姉はペラペラそういうことを話す人ではなかったけれど、私には恋人がいるって嬉しそうに話してくれたわ」

しほりさんは遠くを見つめ、昔を思い出しながら語る。

「女同士で付き合うってことも、もちろん今はよくあることよ。だけど当時は……私たちの両親みたいな頭の堅い人間には、受け入れられなくてね」

「そうなんですか」

今なら男性同士、女性同士で結婚する人も少なくない。でも年配の人の中には、いまだに男女の組み合わせが自然だと思う人も多いようだ。

「特にうちは、日本舞踊の家元でしょう。後継者としては私たちの弟がいるけれど、姉は長女だったから……。古い家だし、子供の頃から決められた許嫁《いいなずけ》がいたのよね」

「許嫁《いいなずけ》、ですか」

「親が決めたことだし、そんなの関係ないって姉は思っていたみたい。だけど、親たちはそうじゃない。相手は能楽師の家系の人で、親同士芸道のつながりもあって、なかなか相手のことを無碍《むげ》にもできない状況だった」

「そういうものなんですね……」

僕みたいな貧乏育ちの人間には、よくわからない世界だ。

「姉はきっと、葦原さんとの恋を成就させたかったんだと思うわ。だけど……向こうはそうじゃなかったのよね」

しほりさんは寂しそうに笑った。

「え——？」

「葦原さんは、社長令嬢——それも長女でね。姉と同じように、決まった相手がいたのよ。それで、葦原さんは姉ではなくて、その決められた相手との結婚を選んだ」

「あ……」

そういうことだったのか。それで、母は父と一緒になれなかったんだ。

「あれは私が二十二歳の頃だったから……姉は二十四歳かしら。姉は私に、妊娠したから実家を出て東京で暮らすって話してくれた。そのときはてっきり、葦原さんと駆け落ちするつもりなんだって思ったわ。だから、深くは聞かなかった。私は姉に『後のことは任せて』って言ったわ」

「駆け落ち——ですか」

「ええ。だから、姉の許嫁《いいなずけ》と私が結婚したの。それが柳原——今の私の夫よ」

「え！」

驚きで声をあげた僕に、彼女は微笑みかけた。

「両親は、家出した姉に怒り心頭でね。もう、雪乃はいないものと思うことにするって言って、私を代わりに姉の許嫁《いいなずけ》と結婚させることにしたの。私も急で驚いたけど、その時は決まった恋人もいなかったし、これが運命だと思って受け入れたわ。あ、心配しないで。結局今は夫婦仲良しなのよ。夫は優しいいし、私も彼を愛してる」

「そうだったんですか……」

母が家出したことで、叔母は急に結婚が決まったんだ。

そして母は母で、恋人とは別れて、独りで子育てしながら生活することになった――

「そんな訳でね、妊娠までしたんだから、葦原さんが責任を取って姉の面倒を見ているものだとばかり思っていたのよ。あ、これを見てちょうだい」

しほりさんは、財布から色褪せた写真を取り出した。

「あ、これって……」

「そう。姉と、赤ちゃんの頃のあなたよ」

その写真の中で母は僕を抱いて、幸せそうに笑っていた。誰が撮ったものかはわからない。

「手紙が来たのはこの一度きりだったけど、元気にしてるって書いて送ってくれたから、私はそれを信じたわ。便りがないのは良い便り、なんて思い込んで今まで生きてきた。私も、その後結婚したから子育てや仕事で忙しかったし……って、これはただの言い訳よね」

「いえ、そんなことは……」

人気女優なら、忙しかったのは本当だろう。

彼女は一つため息を吐いた。肩を落としたその姿は悲しげで、僕も胸が痛かった。

「はぁ……。まさか葦原さんに子供のことも言わずに一人で暮らしていたなんて……。どうして雪ちゃんは、何も言ってくれなかったんだろう」

母のことを思い返すと、辛そうだったし、元気がないこともあった。だけど、前向きで優しい人だった――

「母は、僕にいつも言っていました。他人に迷惑をかけるようなことだけはするなって。貧乏でも、自分で何とかするんだって。きっと自分の意志で家を出たんだから、誰にも頼らずに一人で何とかしたかったんだと思います」

「でも、私たち姉妹なんだから、辛いときは助け合えたのに。こんなに早く亡くなるなんて……」

母は意志の強い人だったから、無闇に頼りたくなかったのかな。しかも、家に残してきた妹が自分の許嫁《いいなずけ》と結婚することになってしまったんだとしたら、責任も感じていただろう。

その責任感から、秘密を墓場まで持っていったんだ。

「でも、こうしてお話を聞けてよかったです。どうして母が自分の生い立ちを話してくれなかったのかも、わかったような気がします」

「そう……。志信くんがそう言ってくれるなら、少しだけ気が楽になるわ。それはそうと、どうする？　お父さんと会ってみる？」

「え？」

ああ、そうか。父は存命なのだから、会おうと思えば会えるんだ。

でも何となく、積極的に会いたいとは思えなかった。

「連絡した時、葦原さんはあなたに会えるなら謝罪したいって言っていたわ」

「そうですか……。でも、何となく気が進まなくて」

「そう。複雑よね。姉が生きていれば、また別なんでしょうけど」

ここで、ずっと黙って聞いていた崇晶さんが口を開いた。

「無理に会うことはないんじゃないかな。志信くんのお母さんも、会わせるつもりがあったなら生前にそうしていただろうし」

「……そうですよね」

今更、三十路の男が出て行って「あなたの息子です」なんて、きっと父の今の家庭を壊すことにもなりかねない。僕は別に父を恨んでもいないし、こうして叔母である彼女と話して、母のことがわかっただけで十分な気がした。

「僕、父とは会わなくていいです。少なくとも、今は必要ないと思います」

「わかったわ。彼女には私から伝えておく」

「お願いします」

「その代わり、私はあなたの叔母として、今後もたまに会ってもらえないかしら？」

「え、それは……もちろん構いませんが……？」

よかった！　と彼女は両手を合わせた。

「姉と会えなかったこの数十年を取り戻そうって訳じゃないけれど、志信くんともっと親しくしたいの。せっかくこうして会えたんだから、親戚として……ね？」

「はい……こちらこそ、よろしくお願いします」

これは本当に喜ばしいことだった。今まで身寄りがないと思っていたのに、宗吾と結婚することになって急に親戚まで増えたみたいだ。


ひと通りの話を終えたので、ラウンジを出て窓から見えていた庭を散歩することにした。

都内にしてはかなり大規模な日本庭園で、結婚式の前撮りのため着物姿で撮影している新郎新婦や、カメラを片手にゆったり歩いている老夫婦がいる。

「ねぇ、志信くん。赤ちゃんもうすぐよね。今何ヶ月？」

「あ、はい。八ヶ月です」

「ああ、そうなのね。もう性別はわかってるの？」

「はい。男の子です」

「男の子なのね。あのね、志信くん。私……姉の代わりにお腹の子のおばあちゃんだと思ってもらう訳にはいかないかしら？」

「え？」

「あ、ごめんなさいね。図々しいってわかってるのよ。でも……家族相手に遠慮していたら、いつ会えなくなるかわからないって今回のことで思い知ったの。だから……ね？　息子さんだって、おばあちゃんがいた方が楽しいじゃない？　別にこの子やあなたに、何かをしてもらいたいって訳じゃないのよ。ただ、この子の節目節目にお祝いしたり、雪ちゃんがしたくてもできなかったことをしてあげたいの。ダメかしら」

しほりさんの優しいまなざしと心遣いに、僕は思わず涙ぐみそうになった。

「しほりさん……。嬉しいです。そんな風に言ってもらえて、この子は幸せ者です」

「よかった！　ふふ……。うちにも孫が二人いるの。どちらも女の子でね、今四歳と八歳なのよ。もしよければ、いつか一緒に遊んでほしいわ」

「はい。きっとこの子も喜びます」

「ごめんなさいね。オバサンになると、遠慮を知らなくなるのよ」

「いえ、とんでもないです」

僕は彼女のちょっと強引な所が逆に心地良かった。きっと僕から積極的にまた会おうだなんて言えなかっただろうから。

「今日は会ってくれてありがとう。あなたとお腹の赤ちゃんに会えて、本当に良かったわ。ご主人にもよろしくね」

「僕も、お会いできて嬉しかったです」

◇　◇　◇

帰宅した宗吾と一緒に夕飯を食べながら、今日の出来事を話した。

「――って訳で、しほりさん、すごくいい人だった」

「なるほどなぁ。志信の家も、いろいろ大変だったんだな」

「僕、親戚付き合いって全くなかったから、嬉しかった」

「親戚の集まりなんて面倒なだけだと思ってたけど、今の話を聞くと、何気ない繋がりでもありがたい気がしてきたよ」

「そうだよ。大事にしないとダメだよ」

宗吾はニヤッと笑った。

「俺と結婚したら、口うるさいおじさんやおばさんといくらでも繋がれるぞ」

「え、何それ。そんなに口うるさいの？」

「うるさいなんてもんじゃない。父さんの兄弟姉妹だぞ？　わかるだろ？」

「あー……そうか」

僕はこの前会ったお義父《とう》さんを思い浮かべた。怒ったり、デレデレになったり、忙しい人だったものね。

「それが嫌で、兄さんは家を出たようなもんだしな」

「そうなの？」

「本当は兄さんが会社を継ぐ予定だったから、美大へ行くって言い出したときなんて、大変な騒ぎだったよ。父さんだけじゃなくて、叔父や叔母まで出てきてね」

「ああ……」

何だか想像がつく。お兄さんも大変だったんだね。

「ま、俺がいたから何とかなったがな。ああ、そういえばしほりさんも、俺と同じようなもんだな。長男長女が出て行って……ていうところがさ」

「あ、本当だね」

「何だか気が合いそうだな。今度会う時は、俺も一緒に行こう」

「そうだね、きっとしほりさんも喜ぶと思う」

それが実現したら、本当に家族ぐるみでいいお付き合いができそう。自分が子供の頃にできなかった、家族や親戚に囲まれたあたたかい暮らし――僕はそういう平凡な暮らしをお腹の子にさせてあげたかった。

「さて、じゃあ今度は結婚式の準備だよな」

「あ……本当に式まで挙げるの？」

「そりゃあ、東鳳エレクトロニクスの社長が結婚するんだから、式も披露宴もやらない訳にはいかないだろう」

「そっか。お義父《とう》さんも言ってたもんね」

僕は何となく憂鬱だった。大勢の人の前に出るのって、好きじゃないんだよね。

「何だ？　嫌なのか？」

「ううん、宗吾と結婚するのは嬉しいんだけど……人前に出るのがちょっと……」

「志信はニコニコしてりゃいいのさ。挨拶に来る客は、みんな俺が相手するし」

「うん」

そうは言っても、秋山さんのように僕を快く思わない人もいるだろう。それを考えると、あまり表に出たいとは思えなかった。

「あー……もしそんなに嫌なら、なるべく披露宴も小規模にして、身内だけでやろうか？」

宗吾は心配そうに僕の顔を見つめた。

「え、本当に？」

「ああ。志信になるべく負担をかけたくないし」

「ありがとう！」

しかし、そう簡単に思うようにはいかないのが世の常だ。それこそ親戚の兼ね合いもあって、結婚式というものは当人だけで決められるものではないと、この後思い知ることになるのだった。

# 第六章　結婚披露宴

その後、僕と宗吾の間では身内だけの小規模な披露宴、という方向で話を進めていた。何箇所か式場見学もして、ここがいいかな、と目星も付けていたくらいだ。

しかし、その内容でお義父《とう》さんに宗吾が相談したところ、猛反対を受けることとなった。

ある晩、二人ともお風呂から上がってリビングでくつろいでいたとき、義父から電話があった。結婚式について尋ねられて状況を説明したら、ダメだと言われてしまったのだ。

「ごめん、志信。父さんが挙式はともかく、仕事の関係者を呼ばずに披露宴を済ませる訳にはいかないって……」

「そっか。仕事の付き合いもあるだろうし、仕方ないよね。うん、大丈夫だよ！」

「ありがとう。ごめんな。仕事関係もそうだし、やっぱりおじさん、おばさん達が黙っていないみたいで……」

そうか……結婚式のことって、仕事以外に親戚の人たちのことも考えないといけないんだ。

当人同士が良いと思っても、なかなかうまくはいかないものなんだな。

「俺は一応鳳家の次期当主だし、こういう行事を自分の一存で勝手にやる訳にはいかないんだ。面倒だろうけど、よろしく頼む」

宗吾は僕に頭を下げた。

「やめてよ。そんな、頭下げなくていいってば。ちょっと緊張するな～って思っただけだから」

言われて宗吾は顔を上げたけど、浮かない顔をしている。なるべく僕に負担をかけたくないって思ってくれているんだ。

「うん。でも本当に、志信はただ座ってるだけでいいから。面倒な会話とか、全無視して構わないよ」

「一応接客業やってたし、適当に話を合わせるくらいならできると思うから。心配しないで」

「ありがとう。助かるよ」

宗吾はため息を吐きながら、僕を抱きしめた。仕事も忙しいのに、結婚式の件でも頭を悩ませることになってちょっとお疲れ気味かな。僕は彼の身体に腕を回して背中を撫でる。

「宗吾、最近疲れてるんじゃない？」

「え？　ああ、大丈夫だよ。結婚式自体は楽しみだし」

「うん。僕も」

僕は宗吾の顔に手を添えてキスした。すると彼はびっくりして目を丸くした。

「あ、どうした？」

「キスしたい気分だったの。宗吾、優しいね。僕に嫌な思いさせないように考えてくれてるんでしょ？」

「そりゃ……俺は君の夫になるんだからな」

疲れているのに、仕事の後に挙式のことで頭を悩ませ、さらに僕のことまで気遣ってくれる宗吾。急にこちらからキスして動揺したみたいで、少し顔が赤くなっているのが可愛い。僕はソファで隣に座っている宗吾の膝にそっと手を乗せた。

「ありがとう。ねぇ、久しぶりに……する？」

自分から誘うなんて恥ずかしかったけれど、この家に帰ってからしばらく経ってもまだ宗吾から夜のお誘いがなかった。僕が妊娠中なので我慢してくれているとわかっていたから、勇気を出して言ってみた。

宗吾はこちらを見て、ごくりと喉を鳴らした。僕からこんなこと言ったことなんてなかったから、信じられないというような表情だ。だけど、その瞳は期待に輝いている。

「――いいのか？」

「うん。僕もそろそろ、宗吾に触ってもらいたいな……」

僕は自分から彼の肩に頭を預けた。

「志信の身体に障《さわ》ると思って、黙ってたんだ。ほんとは――俺もずっと志信に触りたかった」

彼の端正な顔が近づいて、そっと唇が重なった。宗吾は僕の手を引いて寝室に向かう。

ベッドに横になった僕の匂いを嗅いで宗吾が目を細める。

「志信、緊張してる？　心拍数上がってるせいか、ちょっと匂いがいつもと違うね」

「やだな、何でも匂いで言い当てるのやめてよ」

――恥ずかしい。そうだよ、久々で何だか緊張するんだ。

「だって俺、志信の匂い大好きだから」

頬を緩ませた宗吾が、首元に鼻を近づけて機嫌よさそうに匂いを嗅いでいる。そのまま首筋を舐められた。

「あっ……」

宗吾の元へ帰ってからというもの、彼のフェロモン攻撃は鳴りを潜めて極力性的な触り方をしないようにしてくれていた。だからこうやって身体のきわどい部分に触れられるのは、久々だった。

僕の頬に唇を滑らせながら、宗吾は熱っぽい口調で問いかける。

「最後までしていいの？」

「いいよ。先生に聞いたら、激しくしなければいいって。だから、挿《い》れて……」

「はぁ、最高だな。志信から誘ってくれて、そんな目で見つめられたら、疲れも吹っ飛ぶよ」

興奮した様子で口づけされ、舌で口の中をくすぐられる。同時に宗吾は僕の服を剝《は》ぎ取って、いつの間にか自分も裸になっていた。彼の温かい腕に包まれ、二人の脚を絡ませ合う。

——肌を合わせるのって気持ちがいい。ただこうして裸で抱き合っているだけでも幸せ……。宗吾はまだまだやりたい盛りって感じもするけど。

彼は僕の耳を舐めながら、双丘の間を優しく愛撫した。やわらかく蕩《とろ》け始めたそこへ指を挿《い》れられる。

「んっ……。ふぁ……」

宗吾の指が僕の感じる部分を撫でるように行き来する。久しぶりの快感に僕は身を捩《よじ》った。

「志信、愛してる」

「うん……僕も」

しばらくして、僕の中から指を引き抜いた彼が尋ねる。

「志信の中に挿入《はい》りたい。いいか？」

「いいよ、来て……」

二人とも横になってバックハグされた状態で、彼の屹立《きつりつ》がそっと気遣うように僕の窄《すぼ》まりに触れた。丁寧にほぐされたそこへ、ゆっくりと挿入《はい》り込んでくる。久々に彼の性フェロモンを浴び、こうして触れ合えた悦びで頭がふわふわしてきた。

宗吾の大きい身体に包まれ、お腹に影響がないようにゆっくり揺すられる。

僕の方こそ、大好きな夫に優しくされて、最高に癒やされるよ――……

◇◇◇

それからまた式場選びを一から始めた。大人数を収容できる大きな会場ということで、結局はホテルを中心に見て回ることになった。最初は身内だけでと考えていたから、レストランや小規模なハウスウェディングを想定していたので、完全な方向転換だ。

「うーん、この前しほりさんと会ったホテルも良さそうかな」

「そうだな。老舗だし、間違いないよな」

僕たちは宗吾の実家でインターネット情報を見ながら、会場見学の予約作業を行っていた。出産も控えている身で何度も下見を繰り返すのも大変だ。なので、最初からお義父《とう》さんに意見を聞こうということになった。

お義父《とう》さんはパソコンを覗き込んで頷いた。

「そのホテルなら、会社の集まりでもよく使っているし、アクセスも良いから来賓にとっても申し分ないね」

「そうですか？　じゃあ予約しちゃおうか、宗吾」

「ああ。じゃあ日程は……」

宗吾がキーボードを叩いて必要事項を入力してくれている間、義父が話しかけてくる。

「それにしても志信くん、君が本当にしほりさんの身内だとはね。私は君の家族になれて嬉しいよ。本物のお父さんだと思ってくれていいからね！」

肩をガシッと掴《つか》まれる。すると画面を見ていた宗吾が顔を上げ、お義父《とう》さんを睨《にら》んで手を払った。

「無闇に触るなよ。セクハラだぞ」

「何、そうか!?　男性だけど、お嫁さんなんだからそうなるか……。失礼した、志信くん」

「あ、いえ。全然構わないですよ。僕は父がいないから、そう言ってもらえて嬉しいです」

笑顔で答えると、お義父《とう》さんは嬉しそうにニコニコしていた。一方宗吾は、眉間にしわを寄せて憮然としている。

「ったく、どんだけしほりファンなんだよ……」

この話題が出て、思い出した。

「そういえば、結婚式にしほりさんをお呼びしてもいいでしょうか？」

「え⁉　御本人を⁉」

「ええ。しほりさんが、僕と親戚として親しくしようと言ってくれて……。結婚式を挙げる話をしたら、ぜひ招待してほしいと言われたんです。でも、会社の関係で芸能人を呼ぶのは難しいということであれば……」

「いいよ⁉　もちろん良いに決まってるじゃないか！」

お義父《とう》さんは「うわ〜、リアルしほりちゃん……。ええ、どうしよう……」とぶつぶつ言いながら部屋をウロウロし始めた。

何というか、集中すると周りが見えなくなる感じは宗吾にそっくり……

僕と宗吾は休日にホテルへ式場見学をしに行った。老舗ホテルだけあり、担当者もすごく気持ちの良い接客をしてくれ、会場も気に入ったので空いている日程で仮押さえした。

その場ですぐ電話をかけてお義父《とう》さんに確認をし、その日程で大丈夫と返事を貰ったので、本予約となった。

僕の方の招待客はしほりさんご夫婦と、友人の一也くらいで他に呼ぶ人もいない。対して宗吾の方は親戚や学生時代の友人、会社関係者等多岐にわたり、人数も多くなる。かなりアンバランスだけど、僕の知り合いは少ないので、どうしようもなかった。

「悪いな。こっちばかり招待客がどんどん増えてしまって」

「ううん、僕は全然気にしないよ」

大体の招待客を決めたら、次は招待状を出す準備だ。結婚式自体はまだ先だけど、招待状は早めに出す必要がある。どのデザインの招待状にするか選んで、宛名の印字を頼むなら早めにリストを作ってデータを入稿しないといけない。

人数も多いし、もちろん宛名の手書きなんてできないから、表計算ソフトでリストを作って提出しなければならないのだった。

僕たちは帰宅後額を合わせながら、担当者に貰った資料を眺めていた。

「僕の分だけなら手書きできちゃうね」

「こういうの、結構面倒なもんだなぁ」

「でも、この後もっと面倒でしょ？　席次決めとか」

そう、僕は人数差のことなんて全く気にしていなかった。だけどこのことを気にする人もいるということを後から知った。

ある日僕は出産前の運動をかねて近所のスーパーへ買い物に行き、帰宅して部屋の片づけをしていた。すると見知らぬ番号から電話がかかってきた。

どうやら、個人の携帯電話の番号らしい。

「……誰だろう？」

普段なら知らない番号の電話には出ない。だけど最近は式場と連絡を取り合っているし、もしかして担当者からの電話かもしれないと思って出ることにした。

「もしもし？」

『ああ、繋がったわね。こちら藤川さんのお電話ですわね？』

「あ……はい。失礼ですが、どちら様でしょう？」

『はじめまして。宗吾の叔母の美也子《みやこ》です』

え……叔母さん？

「あ、これはどうも、はじめまして！」

僕は癖で反射的に床に正座してしまった。

でも、宗吾の親戚がどうして僕の電話番号を知っているんだろう？

『突然ごめんなさいねぇ。どうしてもお話ししたいことがあって兄――宗吾の父親から番号を聞きましたの』

「ああ、そうでしたか。すみません、まだきちんとご挨拶にも伺っておらず……」

『いいえ、それは良いのよ。妊娠中なんですもの、大変でしょう？』

「お気遣いありがとうございます」

『それでいきなりなんだけどね。ちょっと披露宴のことでお話ししたいことがあるんです』

「披露宴ですか？　……どういったことでしょう」

『あのねぇ、ちょっと兄から聞いてしまったんだけど、藤川さんの側の参列者がとっても少ないんですってねぇ？』

僕は何を言われようとしているのかよくわからなくて、心臓がドキドキしてきた。

何となく、声音からいっていい話じゃないような気がする。

「はい……そうです。僕は親戚が少なくて……」

『あのねぇ、こんなこと言いたくはないんだけれど、宗吾は鳳家の跡取りでしょう？』

「はい」

『兄がはっきりと言わないみたいだから、私が言わせてもらいますけれどもね、正直な所、結婚というのは家と家がするものじゃない？』

「え……」

——今どきでも、そんな風に考えるのかな。

『そうなるとねぇ？　わかるかしら、釣り合いっていうものが大事なのよねぇ』

「はぁ……」

つまり、僕と宗吾は家の格が違うから、釣り合わないって言いたいのかな？

お義父《とう》さんとうまくいったから、それでもう障害はないと思っていたけど、考えが甘かったみたいだ。宗吾には親戚がたくさんいて、その人たちは黙っていないということか。

『本来であれば、同じくらいの参列者を呼べるレベルのお家のご令嬢と一緒になるのが相応《ふさわ》しいのよねぇ。宗吾の将来のためにもね』

宗吾の叔母は、長々と家の格や鳳家の歴史について語るだけ語って、電話を切った。どうしろと具体的には言わなかった。

しかし結局のところ、僕が宗吾と結婚するのが気に入らないのだろう。遠回しに家の格が、とか披露宴の参列者の人数差が、と言っていたけど、つまり別れろって言いたいのかな。

「はぁ……。どうしようね？」

僕は大きなお腹を撫でながら、息子に尋ねる。

「叔母さんに怒られちゃった。せっかく親戚が増えて、楽しい未来が待ってると思えたところだったのに……親戚って難しいねぇ？」

宗吾がうるさいオジサンオバサンって言ってた意味はこういうことなんだね。わざわざ嫁の電話番号を聞き出して、宗吾を通さず直接僕に言ってくる辺りがすごい。

お腹の内側から、グニグニと蹴られる感触がする。赤ちゃんも、ちょっとびっくりしたみたいだ。


「何だって？　美也子叔母さんから電話が来たぁ!?」

「うん……」

僕は帰ってきた宗吾に昼間の電話のことを話した。宗吾は驚いて目を剥《む》いている。

「クソ！　うるさいとは思ってたが、まさか俺じゃなくて、志信に直接言うなんて！」

宗吾はとても怒っていて、その後すぐに電話をかけに行った。僕に聞こえないように書斎にこもって電話しているんだけど、時々苛立った大きな声が聞こえる。

しばらくすると静かになり、宗吾がリビングに戻って来た。

「ったく……これでもう大丈夫。二度とこんな電話するなって、釘を刺しておいたから」

「ありがとう。でも、大丈夫なの？　叔母さんにそんなこと言って」

「大丈夫、大丈夫。当主の父さんが良いって言ってるんだから、叔母さんに言われる筋合いないんだよ。志信にそんなこと言うなんて、いくら何でもやり方が汚すぎるだろ」

宗吾が帰るなり怒った声を出していたからなのか、急にお腹が張ってきた。

「あ、いてて……」

「志信、大丈夫か?」

宗吾は、お腹を押さえて身をかがめた僕をソファに座らせる。そして僕のお腹を撫でながら、我が子に向かって話しかけた。

「ごめんね～。パパ怒ってないよぉ～。びっくりさせちゃったね」

さっきまで怒っていたと思えば、急に相好を崩してお腹の子に話しかける姿に、僕は吹き出してしまった。

やっぱり、宗吾ってお義父《とう》さんとそっくりかも。

◇◇◇

それからしばらく経ったある日、家で掃除をしていたら電話がかかってきた。この間のことがあったから一瞬身構えてしまったが、スマートフォンの画面を確認したら、相手は叔母のしほりだった。

「はい、藤川です」

『あ、志信くんこんにちは！　今大丈夫かしら？』

「ええ、大丈夫ですよ」

『あのね、実は近くまで用事で来ていて……もしお暇なら、お茶でもどうかなって思ったの』

「え？　いいんですか？」

『ええ。あなたの体調が悪くなかったら、ぜひ』

「それなら、うちに来ませんか？」

『あらぁ、良いの？』

「もちろんです」

それから程なくして、叔母がやって来た。

「お邪魔します。久しぶりね」

「連絡ありがとうございます。さ、どうぞどうぞ」

リビングに案内し、紅茶を淹れて出す。叔母は近くの美味しい洋菓子店でケーキを買ってきてくれていた。

「僕、ここのケーキ大好きなんです」

「よかったわ。私は初めて食べるけど、美味しいわね」

それからしばらくお互いの近況などを話していて、結婚式の話題になった。

「ところで、結婚式の準備は順調？　色々大変よね」

「ええ。僕はホテルに勤めてましたから、結婚式もそれなりに見てきました。だけど、いざ自分が披露宴をするとなると、思わぬことが色々あって……」

「そうよねぇ。しかも、お相手が大企業の社長さんとなるとね」

「はい。僕は貧乏育ちなので、色々住む世界が違うっていうか……今更、結婚して大丈夫なのかなって」

「あらやだ。マリッジブルー？　ちょっとちょっと、今が一番良い時期じゃないの」

そうは言っても僕は男だから、女性みたく結婚式や披露宴に夢や憧れがある訳でもない。人前に出るのも苦手で、大勢の前に立たないといけないのも不安なのに、この間の電話だ。

ちょっと落ち込むのも無理ないよね。

「そうなんですけどね。実は先日、宗吾の叔母さんから電話を貰ったんです」

「え？　叔母さんから？」

僕がその時のことをざっと話すと、しほりさんは少しの間黙って考え込んだ。親戚とはいえ、会って日が浅い女優に向かってこんな話をしてしまって、ちょっと失敗したかなと僕は後悔した。

「仕方がないですよね。僕みたいな育ちの人間と結婚となると、皆が皆賛成はしてくれなくて当然でしょうし」

「……志信くん。もしよかったら、その件、私に何とかさせてもらえないかしら？」

「え？　どういうことですか？」

「私と夫だけ参列させてもらおうと思っていたけれど、その叔母さんがそんなに人数差を気にするっていうなら、私や夫の関係者も呼んだらどうかなって思ったの」

「ええっ？」

僕は思ってもみない提案に驚いた。

「そもそも私はあなたの叔母なんだから、その親戚もやっぱりあなたの親戚ってことよ。だから必要な人数を教えてくれたら、いくらでも呼べるわよ」

「いえ……そんなことまでしていただかなくても――」

僕は慌てて断った。忙しい叔母に、そこまで迷惑をかける訳にはいかない――

「もうこの年になるとあんまり結婚式に出ることもないから、たまにはお祝いの席に出たいって奥様もいるのよ」

「そ、そういうものですか？」

でも、僕のことを知らない人まで呼ぶなんて……

「それで向こうのご親戚が納得するなら、良いんじゃないかしら？　こんなくだらないことで身重の志信くんを煩わせるなんて、許せないわ。私、売られた喧嘩は買うタイプなのよね」

優しそうな顔のしほりさんだが、実は血気盛んなタイプらしい。目が爛々《らんらん》としている。

「よし、そうと決まったらさっそく声を掛けるわ！　何人呼んだらいいか、教えてちょうだい」

「え、あ……でも……」

「志信くん。女は度胸よ」

「え？」

「あ、志信くんは女じゃなかった。男も度胸よ！　宗吾さんにも、よろしく伝えておいてね！」

「はい……」

こうして僕たちの結婚式の裏側で、叔母対叔母の戦いが始まってしまったのだった。

その後、担当者に無理を言って急遽招待客の人数を変更し、会場をより広い場所に移してもらった。これで美也子叔母さんの要望通り、それなりの人数を収容することが可能になった。

僕は知らない人が大勢来ることになるので、内心穏やかではなかった。だけど叔母の厚意を無駄にしたくないし、今後の結婚生活で宗吾の親戚関係から色々文句を言われないためにも、こうするのが最善と腹を括った。

宗吾も、僕のことを心配しつつ、この方法が良いだろうと賛成してくれた。

「しほりさんがここまでしてくれるなんて、本当にありがたいな」

「うん。これで宗吾の叔母さんたちが納得するなら、やる意味あるよね」

「ああ。叔母は体裁ばかり気にするタイプだから、志信にこれだけの人数呼べるってわかれば何も言わないだろう。それに、このリスト……なんかすごいな」

「うん。本当に来てくれるのかなぁ？」

僕は招待状の封筒に慶事用切手を貼りながら嘆息した。

これが本当にこの宛先の人の家に届くの……？

僕は最近でこそ宗吾と一緒に暮らすようになってテレビや映画を見るようになったけど、今まではほとんどそういうものを見なかった人間だ。それでも、この招待状の宛名の人物は知っている。

「これって、有名な監督さんだよね？　この前たしかどこかの国で表彰されてた……」

「ああ、そうそう。それにこっちも……」

僕と宗吾は顔を見合わせた。

「本当に、この人達、来るのかな？」

「さぁ……当日にならないと何とも……」

◇◇◇

披露宴の席次を考え、衣装合わせなどをしているうちに臨月を迎えて、僕は無事元気な男の子を出産した。男性オメガなので予定帝王切開での出産となり、大きなトラブルもなくお腹の子と対面できた。名前は宗吾が『匠実《たくみ》』と名付け、慣れないながらも二人で初の子育てに奮闘している。

そんな中、息子が一ヶ月健診を終えた翌月に、とうとう結婚式の日を迎えた。

お式はごく親しい親戚のみを招いて、ホテル内のチャペルで行われた。

その後大広間に移動して、披露宴となる。

僕は光沢のあるグレージュのタキシード、宗吾は黒いタキシードを着て式に臨んだ。

宗吾は出会ったときも見惚れたくらい均整の取れた素晴らしい体型で、タキシードもばっちり着こなしていた。一方僕は貧弱な体つきなので、こういう服装だとちょっと格好がつかないのが残念。

産後で体形も戻りきっていないのを気にする僕に、宗吾は甘く微笑みかける。

「志信はそれでいいんだよ。何せいい匂いだからな」

「はぁ？　匂いは関係ないでしょ」

「俺にはあるんだよ。それに俺みたいな体だと、抱き心地悪いだろ」

「もう、そういうことじゃないのに」

僕たちは、挙式から披露宴までの合間の時間を控室で過ごしていた。

花嫁さんだとお化粧直しなどで時間がかかるんだろうけど、今回は二人とも男なので、僕たちの準備はすぐに終わってしまった。

挙式中、ベビーシッターに頼んでいた匠実は、ベビークーハンの中でスヤスヤ眠っている。

すると、控室がノックされてお義父《とう》さんが現れた。

「やあ、二人とも。どう、緊張している？」

「ずっと緊張しっぱなしです。お義父《とう》さん、さっきはエスコートありがとうございました」

実の父親が参列していないため、代わりに義父が僕と一緒にバージンロードを歩いてくれたのだ。会って間もないのに、僕のことを本当の息子のように思ってくれる義父には感謝しかない。

「披露宴も、よろしくお願いします」

頭を下げた僕に、お義父《とう》さんは「こちらこそ、宗吾をよろしく」と答えたものの、何だかそわそわしている。

用がある訳でもないみたいだけど――親族の控室に戻らないのかな？

「ところで、ごほん。しほりちゃんが来ているね。当然なんだけど！」

「あ、はい。そうですね。今回しほりさんの関係者もたくさん招待することになってしまって、ご迷惑じゃなかったでしょうか」

「え？　迷惑なんてとんでもないよ。それより、親族の控室にいづらくてね……」

「あれ、何か足りないものでもありましたか？」

ドリンクはバーカウンターで好きなものを注文できるようになっているし、おつまみ的なものも置いてもらっているはずなんだけど……

するとお義父《とう》さんは恥ずかしそうに言った。

「いやね、しほりちゃんがいるから緊張しちゃって……」

ああ、なるほど。それでここに避難して来たんだ。

さっき行われた親族紹介で一堂に会したときは平気そうだったけど、内心ドキドキしていたんだな。

「そういうことでしたら、時間までこちらで休憩していてくださって結構ですよ」

「父さん、あんなに楽しみにしてたじゃないか、しほりさんと会うの。逃げてきてどうするんだよ」

宗吾はニヤニヤしている。

「だって、本物だぞ!?　こんな近くで会えるなんて……奇跡だよ。志信くん、本当にお嫁に来てくれてありがとう」

僕はテーブルに用意してあったポットからお茶を淹れて渡す。

「お義父《とう》さん、お茶でも飲んでリラックスしてください」

「ありがとう。悪いね、君たちの方が緊張しているはずなのに」

本当だよ、と言って宗吾が笑った。

◇　◇　◇

その後、時間通りに披露宴が始まった。

しほりさんの親戚とは、先程挨拶を済ませていた。しかし、それ以外の招待客とはまだ会っておらず、新郎新夫の入場のときに初めてその姿を目の当たりにした。

映画界の関係者や、伝統芸能関連の重鎮など、普段は画面越しに見ている著名人がチラホラ列席している。目を奪われそうになったけど、何とか前を向いて先導するスタッフに続いて歩き、高砂の席に着く。

うわぁ……本当にあの監督がいる……！

あの人は歌舞伎役者の方だし、あっちは俳優さんだよね、たしか。

こんな機会でもなければ、一生直接会うことがなかったような人達だ。

そして、宗吾の叔母・美也子さんは僕たち新郎新夫の方を見もせずに、チラチラと有名人の席を振り返っている。

その表情は、驚きと焦りに満ちていた。

先ほどの親族紹介のときも、美也子叔母さんはまず、僕の親族として紹介された女優のしほりさんに驚いていた。

そして、しほりさんは全員の紹介が終わった後に美也子叔母さんの元へ直接挨拶に行き「私が可愛がっている甥っ子です。とても思いやりのある子ですから、宗吾さんと仲良くやっていけると思いますわ。どうぞよろしくお願いしますね」と言ってにっこり笑った。

美也子叔母さんは女優のオーラに気圧されたようにただ頷き、しほりさんが差し出した手を取って恐縮しきった様子だった。

しほりさんは「志信は繊細な子ですから、どうか優しくしてあげてください」と更に念を押してくれた。

宗吾がこそっと僕にだけ聞こえるように耳打ちする。

「よかったな。美也子叔母さんの顔見ろよ。目玉が飛び出しそうじゃないか？」

「うん、ほんとだね」

「これで叔母さんも黙るだろう」

「だね」

しほりさんが集めてくれたそうそうたる面々は、美也子叔母さんを納得させると同時に、あまり目立ちたくない僕から皆の視線をそらせる意味でも貢献してくれた。

招待客の多くは、僕たちのいる高砂なんて目もくれず、有名な監督や俳優に見惚れている。

――よかった、これで万事うまくいった。

僕はお陰で披露宴中も比較的リラックスした気分で過ごすことができた。

こうして無事に結婚披露宴は終了。

叔母対叔母の戦いは、女優松永しほりの完全勝利で幕を閉じた。

## エピローグ　愛する家族を寝かしつけるお仕事

披露宴を終えて列席者を見送る際、初めて著名人たちを間近で見た。しかもそれぞれに「おめでとう」「お幸せに」と微笑みかけられ、僕はまるで映画か舞台のワンシーンでも観ているような不思議な気分だった。

——しほりさん、本当に色んな人と繋がってすごいなぁ。

今日は美也子叔母さんに見せつけるために、わざと「女優です」って貫禄たっぷりの態度でいてくれた。

だけど、普段は気さくで優しい叔母さんなんだよね。

お義父《とう》さんは松永しほりのファンだということは隠して、精一杯自然な態度を心掛けているようだった。

控室で聞いた話によると「私はファンだけど、対面する時は君の親族として会わないとね」とのことで、握手やサインが欲しいだろうに、我慢してくれていた。

今度お義父《とう》さん用に、サインをお願いしてみようと思う。

披露宴の後で、僕たちの控室にしほりさんが来てくれた。さっきのキリッとした女優の顔とは違い、いつもの優しい彼女の雰囲気に戻っている。

「志信くんお疲れ様～！　素敵だったわ、二人とも。おめでとう！」

「ありがとうございます。しほりさんのお陰で、今日は大成功でした」

「ふふ、美也子叔母さんも、あれでおとなしくなってくれるかしらね？」

「ええ。しほりさんや、他の方々を見た叔母さんの顔といったら……ねぇ、宗吾」

宗吾が頭を下げてお礼を言う。

「本当にありがとうございました。こちらで対処しきれずに、ご迷惑をおかけして申し訳ありません」

「いいのよぉ、皆事情を話したら、ノリノリで参加してくれたんだから」

「監督や俳優さんに、今度うちの会社がスポンサーとして申し出ないといけませんね」

「あら、それを聞いたら喜ぶわ」

◇　◇　◇

この日全てのスケジュールを終え、僕たちはやっと帰宅できた。

「あ～、さすがにクタクタだよ～」

「本当だな。お疲れ、志信」

「宗吾もね。これで一安心かなぁ……」

そう言うと宗吾が僕の身体を抱き寄せ、額にキスを落とす。

「全部志信のお陰だよ。志信がいてくれたら、どんな困難も乗り越えていけるって今日確信した」

「え、大げさだなぁ」

僕は笑いながら彼を見上げた。すると、真剣な眼差しにぶつかる。

「本当だよ。神様の前でも誓ったけど、俺は本当に志信を生涯愛し――」

そのとき、僕の顎の下から突然甲高い泣き声が響いた。

「ふぇぇ～ん！」

僕と宗吾は、二人の間に挟まれて真っ赤な顔で大泣きする我が子を見て吹き出した。

抱っこ紐の中の匠実が目覚めて、ぐずり出したのだ。

「ふふ、その続きは後で聞かせて。さーて、何もしないで寝ちゃいたいくらいだけど、匠実をねんねさせないと」

大人だけなら、帰ってきてその日は何もせずに寝てしまうことも可能だ。けれど、乳幼児がいてはそうもいかない。なるべくいつものペースで、いつもの時間に寝られるようにしないとリズムが狂ってしまう。

「今日はいつもより一時間押してるから、急いで支度しなきゃ」

「じゃあ、俺が風呂のお湯入れてくるよ」

「うん、お願い。着替え用意しておくね」

新米パパとママは結婚式当日であろうと、息子のお世話に忙しい。

宗吾は一時的に別居していたせいで妊娠中のサポートをできなかったからと、出産後はとても積極的に子育てに取り組んでくれている。

息子の着替えを用意しているうちに、お風呂が沸いたと自動音声が流れた。日頃から、お風呂に入れるのは大抵が宗吾の担当だ。入浴後、お風呂上がりの着替えを済ませ、寝る前に僕がミルクをあげる。その後は匠実の顎を僕の肩に乗せ、背中をとんとん叩いてげっぷを促す。すると息子がミルクを吐き戻してしまった。

「わっ。やっちゃった。宗吾〜、ミルク吐いちゃったから、タオルと着替えお願い！」

「え？　あ、わかった。ちょっと待って」

湯上りでまだ上半身裸のままの宗吾が慌てて返事をする。

「僕も浴びたから、僕の着替えもよろしく〜」

「何っ!?」

現在生後二ヶ月。少しずつ肉付きの良くなってきた匠実を囲んで、今日も僕たちは賑やかに暮らしている。

僕は子供を産んで、前よりちょっと強かになった気がする。これまでお互い言いたいことを言えずにすれ違ってしまったから、何でも思ったことはちゃんと話し合おうってルールを決めた。

宗吾は秘書の秋山さんから僕をちゃんと守れなかったと気にしていて、ずっと低姿勢だ。外に出たらアルファの宗吾がきっちりエスコートしてくれるし、どう見ても立場が上だと思われるけど、家の中では真逆の立場。僕の家出事件があってからというもの、宗吾は僕にべったりで、「好きだ」とか「愛してる」と甘い言葉ばかり口にするようになってしまった。

「だって、ちゃんと愛情表現しなかったせいであんなことになったんだから、こうやって気持ちを表すべきだろう」

——って、本人は僕に抱きつきながら偉そうなこと言ってるけど……宗吾は相変わらず僕がいないと眠れなくて、言ってみれば息子が二人いる、みたいな感じかな。

とはいえ、様々な困難を乗り越え、今こうして家族三人で仲良く暮らせるようになった幸せを僕は噛み締めている。

「匠実も寝たし、俺達もそろそろ寝ようか」

「うん」

僕がベッドに入ると、寝室の灯りが消えた。宗吾が僕のうなじで息を深く吸い込む。

「お休み、宗吾」

子供の寝かしつけの後、今日も僕には甘えん坊のエリートアルファを寝かしつけるお仕事が待っている。

# 番外編　親切なシャンプーくんと住むことにした

俺はその日、最高についていた。

いつものカフェが臨時休業中で、しかたなく別の今まで入ったことのないカフェでコーヒーを飲んだ。

電話が来たからそろそろ店を出ようとして、通話に気を取られているうちに店員とぶつかってしまった。

全く、ちゃんと前も見られないのか、とイラつきかけたがその瞬間フワッといい香りがした。

俺のスーツと床にぶちまけられたコーヒーの匂いにもかき消されることなく漂うこのいい香りは何だ？

目の前の青年からだ。

俺は思わず胸ぐらを掴《つか》んで彼の匂いを嗅いだ。

……ここは天国か？

約数ヶ月に及ぶ不眠に悩まされていた俺は、ずっと頭がぼんやりしていて霞《かすみ》がかかったようだった。それなのに、彼の香りを胸いっぱいに吸い込んだところ、脳天を突き抜けるような衝撃と共に光明を見出した。

神よ、感謝します。

「君、香水は付けているか？」

「いいえ、何も付けてません」

何？　香水ではないのか。じゃあシャンプーだな。

「では、どこのシャンプーを使っているんだ？」

「え？　シャンプー？」

「君が使っているシャンプーの銘柄を教えてくれ」

「え……でも、あの……そんなことよりスーツ……クリーニング代出しますので……」

クリーニング？　なぜこの青年は人の質問に答えないんだ？

これが我が社の入社試験の面接だったら、この青年は確実に不合格だ。

「ああ、そんなのはどうでもいい。それよりシャンプーだよ。すごくいい匂いだ」

「あ、あの……」

なぜか即答できないでいる。何だ、この鈍臭い反応は……本来ならイライラするところだが、いい匂いのお陰で俺は穏やかに彼の返答を待つことができた。

「ちょっと、今わからないんですが……」

「何？　自分で使ってるシャンプーの銘柄もわからないのか」

埒《らち》が明かないので手帳に連絡先を書き付けてページを破り、彼に手渡した。

「時間がないから失礼。必ず連絡してくれよ。くれなかったらまたここに来るからな」

彼がまだ何か言いかけていたようだが、待っている暇はないので店を出た。

それにしてもどういうことだ？　自分が使っているシャンプーの銘柄がわからない人間がいるのか。

世の中にはおかしな人間がいるものだ。しかし、この匂いが手に入れば、俺は眠れる。そんな予感がした。

「待ってろよ、すぐに手に入れてやるからな」

◇◇◇

そしてその夜、見知らぬ番号から電話がかかってきた。待ちに待ったシャンプーくんからの電話だ。名前がわからないので、勝手にそう命名した。

「もしもし」

『あ、あの、鳳さんのお電話ですか？　僕……先程お越しいただいたカフェの、藤川と申します』

「ああ、君か。ちゃんと電話してくれたんだな」

よかった。最近の若者だからバックレられる可能性も考えていたが、ちゃんと律儀に電話してきた。偉いぞ、シャンプーくん。

そして聞いた所によると、彼が使っているのはシヴォリのシャンプーだという。

随分高級なのを使っているると思ったら、ホテルのアメニティだそうだ。なるほど。

しかしそれなら俺も使ったことがある気がするが……種類が違うのかもしれない。

「悪いけど、そのアメニティを一つ貰えるかな？　どうしてもさっきの香りのものが欲しいんだ」

どうしても今すぐにシャンプーを手に入れたい。しかし、俺が家に行くと言ったら『それはちょっと、困ります……』と断られてしまった。

さっきも思ったが、会話していて何だかトロくて気に障《さわ》る子だな。

さっきは匂いのお陰でそこまでイラつかなかったが……どうせバイトの学生だろうから仕方がないか。

まぁ、いきなり他人に自宅を教えるのは怖いよな。いくら男同士でも、どんな犯罪に巻き込まれるかわからない時代だ。結局俺の仕事終わりに彼の最寄りの駅で待ち合わせすることになった。

「じゃあ、よろしく」

うーん、でも考えてみたら俺は匂いしか気にしていなくて彼の容姿を全く覚えていないぞ。誰かわかるだろうか？


仕事を終えてシャンプーくんに連絡し、駅のロータリーに車を停めて待つ。

向こうが気付かなかったらどうするべきか――

とりあえず車を降りて外に出る。

しばらくしてこちらに近づいて来た人物は、なぜかシャンプーくんだとすぐにわかった。

彼の周りだけ光ってる？　いや違うな……やはり匂いなのか？

「こんな時間に呼び出してすまない」

「あ、いいえ。こちらこそ、申し訳ありませんでした」

シャンプーくんは頭を下げてまた謝った。

そんなにペコペコしなくていいんだがな。

しかし彼が動くたびにいい匂いがして、寝不足なのになぜかテンションが上がってくる。

そして彼は話していたアメニティセットを渡してくれた。これで眠れるぞ！

俺は気分が良くて思わず彼を送ってやりたくなった。初対面の人間——それも女ならいざ知らず、男相手にそんな申し出をするなんて自分らしくなかったが。

「良ければ車で家の前まで送ろうか」

「いえ！　結構です」

即座に拒否された。そんなに嫌がらなくてもいいじゃないか……何となく俺はがっかりした。

「それじゃあ、おやすみ」

せめて最後にこの芳《かぐわ》しい香りを近くで嗅ぎたくて、さりげなく顔を近づけた。

おっと、いけない。何でキスしそうになってるんだ俺は。シャンプーくんは真っ赤になって「汗臭いですよ！」と慌てている。

ふぅん。これでシャワーを浴びて来ていないのか？　シャンプーの匂いしかしないのに、不思議だな。

そして彼は逃げるように帰ってしまった。

ふんわりと優しい残り香に包まれながら、俺はしばし彼の後ろ姿を眺めていた。

帰宅して、ワクワクしながら風呂に入る。そして、絶望した。

「この匂いじゃないじゃないか！」

あいつめ……随分ぼんやりした青年だった。きっと品物を間違えたに違いない。

やれやれ、全くイライラさせてくれるな……

翌朝すぐに俺は抗議の電話をかけた。あのシャンプーじゃなかったと詰め寄ったら、焦っていた。

そして渋る彼にスーツの弁償をチラつかせて、俺が直々に彼の部屋でシャンプーの匂いをチェックすることに同意させた。

その夜、訪問させてもらった彼の住まいは何というか……ひと言で表すとボロアパートだった。物が少なくて片付いてはいたが、こんな狭い部屋で暮らせるものなのかと失礼なことを考えてしまう。

「今家にあるのはこれで全部です」

彼がシャンプーやボディソープのボトルを大量に出して、テーブルに並べてくれた。

——まさか、こんなにあるとは……

社長はカフェだけでなくホテルでも働いていて、あちこちで貰って来たらしい。俺はそれを一つひとつ開封して匂いを嗅ぐ。

開けても開けても、目当ての匂いに行き当たらない。

「違う……これも違う……」

シャンプーくんは相変わらずいい匂いで俺の横に座り、黙って作業を見守っていた。

そして俺はふと思いついた。

「君は今朝はどれを使ったんだ？」

「え？　あ、まだシヴォリのが残ってたのでそれを……」

ああ、俺はバカか。彼の腕を引く。

「ちょっと失礼」

「あ……」

こめかみの匂いを嗅ぐと、やはりとてもいい香りがする。

「何するんですか」

「もしかしてと思ったんだが……」

次に首筋に鼻をつけて嗅いでみる。

「や、やめて！　汗かいてるから嫌ですってば……！」

身を捩《よじ》るとさらにふわふわといい匂いが漂う。

「いい匂いは君の体臭だったんだよ。シヴォリじゃなくてね」

なぜか彼は顔を真っ赤にした。今まで顔をよく見ていなかったが、なかなか綺麗な顔立ちをしてるじゃないか。

どうして今まで気付かなかったんだろう。目がパッチリしてまつげが長くて、美少年がそのまま大人になったという風情だ。

「ああ、頬が上気して体温が上がったからかな？　さっきよりもっと強く香ってきた」

素晴らしい！　俺は思いっきり彼の匂いを吸い込んだ。この質素な空間が、まるで豪奢なサロンにでも変わったかのようだ。ここで眠れたらどれだけいい気分だろう。

「お、鳳さんやめてください、恥ずかしいです。嗅がないで！」

なぜか彼は慌ててどこかへ行ってしまった。しかし彼が去っても残り香で十分にリラックスできたので一向に気にならなかった。

こんなに緊張がほぐれて心が軽くなったのは一体いつぶりだろう。まるで体中にまとっていた重い鎧を全て取り外したかのように俺は軽やかな気分で目を閉じ、この芳香を楽しんでいた。

そして深く呼吸を繰り返しているうちに意識を失った。

夢うつつの中で俺は、自分から去っていこうとする何かを引き留めようと手で掴《つか》み、ぎゅっと抱きしめた。俺を捨てて去っていった大切なものを今度こそ絶対に手放したくなかった。


「朝です……だからもう……と。離し……ださい」

ん～……？

「えー……眠れ……たです……、あ……離して……けど」

誰かが心地良い声で何か言っている気がするが、まだ寝ていたい。

こんなにぐっすり眠ったのはいつぶりかわからない……なんて気持ちいいんだ。最高にいい匂いだし、もう起きたくないぞ……

俺が抱きしめている人物の髪の毛の間から鼻を突っ込んで、思い切り深呼吸する。

「いい匂いだ……」

そのまま首筋やこめかみの匂いをかぎ、頬に口づけする。あまりにも美味そうな匂いがするので耳を甘噛みすると、鈴を転がすような笑い声が聞こえた。

「くすぐったい……」

俺は妖精でも捕まえたんだったか？　この世のものとも思えない芳《かぐわ》しい匂いに、舐めると甘い肌だ。きっと人間ではないに違いない。

ここ最近寝不足ですっかり精力も衰えて全くやる気が起きなかったが、この匂いを嗅いでいたら急にやる気が漲《みなぎ》ってきた。俺は目の前の妖精《ニンフ》の身体をまさぐって愛を交わそうと試みた。するとニンフはびくりと震えたかと思うと、急に俺の顔面に頭突きしてきた。

「痛ってぇ……！」

俺はこの衝撃で目を覚ました。

見回すとそこは神話の森の中ではなく、古ぼけたアパートの一室だった。そして目の前にいるのはニンフではなく、シャンプーくんだった。

「ん……？　何で俺はここに……？　まさか寝てたのか？」

「ぐっすりお休みになってましたよ。それじゃあ、僕シャワー浴びてきます！」

なんてことだ！　俺はぐっすり眠れたのか！

感動に浸っている間にシャンプーくんは嵐のようなスピードで身支度を整え、ほとんど赤の他人の俺に鍵を渡して出かけていった。

「鍵はポストに入れておいてください。何か問題あったら留守電を入れておいてくれればいいので」

渡された鍵を見て、俺は彼の警戒心のなさが心配になった。

「大丈夫なのか……？」

そして、いい匂いに包まれたこの部屋で俺はしばし呆然としていた。

眠れた……一晩ぐっすりと。彼のお陰だ。

俺はその日仕事をして、自分の体調がすこぶる良いことに感動していた。今まで毎晩呪いのように眠れず、日中はスッキリしないという日々を送っていたので、この爽快感は久しぶりだった。

これはもう、彼を雇うしかない……！

俺は早速彼に電話をかけた。しかし繋がらなかった。当然だ、彼は仕事に出かけたじゃないか。落ち着け、俺。とりあえず留守電を残そう。

「君を雇いたいんだ。それじゃあ連絡を待っているよ」

留守電を入れたものの、昼を過ぎても折り返しがなかったので、催促の電話をまた入れてしまった。しかし、それも不通。

その後我慢できずに夕方にももう一回電話してしまった。それも不通……

何と、夜になっても折り返しの電話がなかった。なぜだ……？　あんなに早く仕事に出かけたんだから、もう終わってても良くないか？

俺はその後も悶々《もんもん》としながら彼の電話を待った。

気に入った女の子からの連絡を待っているときですら、こんなにそわそわしたことはなかった。

「シャンプーくんめ……俺を弄《もてあそ》びやがって……」

そしてもう今夜は電話して来ないだろうと諦めかけた夜半頃、スマホの着信音が鳴って俺は飛びついた。

「もしもし」

『あっ！　えっと遅くなってすみません！　藤川です』

やはり耳に心地良い声だ。この声を聞くだけでも、俺の強張《こわば》った肩から若干力が抜けていく気がした。

話を聞くと、ホテルの仕事の後にあのカフェでバイトをしてきたらしい。どれだけ働くのが好きなんだ？

俺も今日は仕事が捗《はかど》ったので、そのことを伝えた。

「今日は朝から頭の回転が良くて、いつもと全然違ったんだ。気分は爽快で、驚くほど仕事が捗《はかど》った。それを早く君に伝えたくて、つい何度も電話してしまったんだ」

しかし彼の反応はいまいちだった。

まぁいい。俺は必要な事項——恋人がいるか——を聞いたが、幸い今はいないそうだ。添い寝の仕事を頼むのなら、恋人がいては邪魔だからな。

「お願いだ、藤川くん。俺と毎晩、同じベッドで一緒に寝てほしい」

『べっ……何……え？』

「他には何もしなくていいから。ただ君は、俺と寝てくれさえすれば良いんだ」

俺が本気で口説いているのに、なかなか「うん」と言わない。なので、結局スーツの弁償をまた持ち出してオーケーさせた。

『わかりました……お受けします……』

この日もシャンプーくんと電話で話せたからか、ぐっすりとはいかないが、少しだけ眠ることができた。

彼と話すと気分が良くなるというのは大きな発見だ。

◇　◇　◇

シャンプーくんを雇うための面接のときに初めて彼の経歴を知ったのだが、まさか年上だとは……てっきり大学生くらいかと思っていた。しかもオメガだと？　俺の大嫌いな……

オメガだからこんなに若く見える訳か。そして、オメガだから受け答えが幼稚で鈍臭いんだな。納得だ。

俺は若干不快感を覚えたが、今更この匂いを手放すことなど考えられなかった。

契約する時、ヒート期間に休みをくれと言われたが、全くこれだからオメガはいけない。すぐこうやって甘えようとする。

ちゃんと抑制剤があるんだから、サボらず働けというんだ。

俺は妥協しなかった。

しかし逆に、早めに家に来てほしいという俺の要望は冷たく突っぱねられてしまった。

ちっ。今夜からでも来てくれてよかったのに……残念だ。一週間後が待ち遠しすぎる。

俺は彼の帰りがけにこっそり頭に鼻を近づけたが、咎《とが》められた。冷たい青年だ、少しくらい匂いを嗅いだっていいじゃないか？

腹が立ったのでふざけて後ろから抱きしめたら、さらに怒られた。

秘書の秋山くんまで咳払いして邪魔してくる。なぜみんな俺に冷たいんだ？

もしかしたら、早めに来てくれるかもと連絡を待っていたのに、シャンプーくんは電話をくれなかった。

この女は落とせる、と思ったのに乗ってこなかった時みたいながっかり感がある。

引越しの日にアパートへ迎えに行くと、小さな荷物一つだけ抱えてやってきた。ふーん、少し前に流行ったミニマリストってやつか？

そして初日に仕事から帰宅したら、シャンプーくんに「お帰りなさい」と出迎えられて驚いた。

物凄く良い香りを振りまいて駆け寄ってくる彼に俺は不覚にも動揺した。

自分の家に帰って来ただけなのに、何なんだ……このご褒美感は……？

照れ臭くてつい「新妻みたいだ」と言ったら怒って背中を向けられたので、慌てて抱きしめた。

「拗《す》ねるなよ、藤川くん」

良い匂い過ぎてそのまま寝そうになったくらいだった。

部屋着に着替えてダイニングに行くと、温かい食事がテーブルに並べられていた。

今までは疲れて帰って来てから自分で料理を温め直す作業が必要だった。しかし、彼がいると待ち時間ゼロでホカホカのごはんがいきなり出てくるのか……

しかも向かいに座ってニコニコしながらこちらを見ている。

日頃の疲れなんてどうでも良くなるな……俺はすごい拾い物をしたようだ。

そして長年謎だった疑問が解けた。普段付き合う女は派手なタイプが多いのに、いざ結婚となると地味でよく笑う女を選ぶ男がいるのはなぜなのか、ずっと不思議だった。しかし、なるほどこういう相手が毎日共に生活する上では貴重なのだな……

うん、妻を選ぶ時の参考にしよう。気付きをありがとう、シャンプーくん。

一緒に暮らすのだし、俺は彼が気に入ったので名前で呼び合うことにした。

すると突然彼が秋山くんのことを聞いて来た。俺と秋山くんの仲を気にしているので、てっきり彼女に気があるのかと思った。何だか面白くなくて、君とは釣り合わないぞと言ってしまった。しかも彼女の悪口まで。

でもその後、シャンプーくん――改め、志信は男が恋愛対象だと聞いて何となくホッとした。

二十九歳なのに番《つがい》もいないし、ラッキーだった。これだけ綺麗なら、そこらのアルファが放っておかないだろうに。

しかも、俺がアルファだからってやたらと媚びたりもしてこないところが良い。誰かが手をつける前に俺が見つけられて本当に良かった。この香りを独り占めできるなんて最高だ。

風呂上がりには髪の毛をドライヤーで乾かしてもらい、一緒にベッドに入った。

用意しておいたシルクのパジャマを着せた志信は素晴らしい抱き心地で、柔らかい香りに包まれた俺は彼のことを絶対に手放すことはできないと思った。


翌日も帰宅した際出迎えてくれるのだろうと思ったのに、彼は出て来なかった。

まさか出かけているのか？　と思ったらキッチンにいた。

「何だ、いるじゃないか。今日はお出迎えはなしなのか？」

水を使っていたからという理由で出て来なかったらしい。そんなくだらない理由で俺の楽しみを奪うとは酷いじゃないか。

しかも手を洗ってこいと追い払われそうになったので、ちょっとだけうなじに鼻を付けて匂いを嗅いだ。すると彼はビクッと震えた。

「あ……んっ！　な、何するのっ⁉」

振り向きざまにギロッと睨《にら》まれる。おお、怖い。

しかし随分色っぽい声が出たな。なるほど今まではいくらオメガでも、何で男が男の相手などするのかと不思議だったが……これならアリかもしれないな。

そう、志信は何となく雰囲気がエロい。おとなしくて古風な顔立ちなのだが……

何となく隙が多くて心配になる。

そして食事前に、うなじは性感帯だから、料理中にキッチンでいきなり匂いを嗅ぐのは止めるようにと怒られたのだった。

ちっ。ぼんやりしているようで意外とガードが硬い。

食事をしながら会話の流れで、志信があんなにがむしゃらに働く理由を尋ねてみた。

「なぁ、ちょっと疑問だったんだけど、あんなに働いて、あんなボロアパートに住んでて、何でそんなに切り詰めないといけないんだ？　金を貯め込んでるのか？」

どうやらこれは見当違いな質問だったようで、オメガというものは薬や何かに相当金がかかるようだ。それに、志信は高卒なので給料も安いのだと言い返された。

俺はオメガだって大学に行けばいいだろうと言ってやったが、志信は絞り出すような声で「オメガの片親に育てられた底辺オメガは、高校を卒業するだけでも精一杯だったんだ」と答えた。

今までオメガで仲良くしている奴なんていなかったし、俺の周りにいたオメガはそれなりに裕福な家庭の人間ばかりだったから全然知らなかった。

泣くまいと堪《こら》えている志信がいじらしくて、俺は彼の頭を抱き寄せた。

泣かせるつもりではなかったんだ。知らなくて申し訳ない。

その後アレルギーの発作が起きて、この話は途中で終わってしまった。

ここ最近こんなことはなかったので焦ったが、何とか病院に行って事なきを得た。志信はびっくりして相当怯えていた。自分のせいだと思っているようだが、食材を買ってきたのはハウスキーパーの中村さんのはずだ。聞くと志信はまだ食料品は何も買ってきていないという。

しかし、中村さんも慣れているのに、後から考えてみたらおかしな話だな。

点滴をしてもらって家に帰り、シャワーを浴びてあとは寝るだけというときに兄から電話がきた。夜中で非常識な時間帯だが、彼は今ヨーロッパにいるので時差の関係で向こうは日中なのだ。

『何度も電話したんだぞ。また夜中まで仕事か？』

「いや、アレルギーの発作で病院に行ってたんだよ」

『何？　大丈夫なのか？』

「え？　ああ。大丈夫だよ、点滴打って終わりだ」

『父さんから聞いたぞ。お前、オメガの子と今同居してるって？　オメガ嫌いなのに良いのか？』

「いいんだよ、好きで同居してるんだ」

『どういう風の吹き回しだよ？　〝無能なオメガ〟は役に立たないんじゃなかったのか？　くくっ』

兄はさも可笑しそうに笑っている。俺をからかうためにわざわざ電話してきたのか。

「〝無能なオメガ〟でも役に立つことがあるんだよ」

『その口ぶりだと、随分気に入ってるらしいな』

「うん」

『お前は無神経だから、せいぜい嫌われないように気をつけるんだな。じゃないとすぐに逃げられるぞ』

「うん……」

『しかし、奇特なオメガだな……他人と住むのなんて絶対イヤだと言ってたお前が、オメガと同居とは……。ちょっとはオメガに対する見方も変わったってことだな？　お前も大人になったな」

「ははっ！　まぁそういうこと」

その後、俺は志信を抱きしめたらすぐに眠気が襲ってきた。

兄の言う通り、志信は俺のオメガ嫌いを見直すきっかけをくれた奇特なオメガだ。俺が知らないオメガの色んな面を教えてもらって、なるべく彼と歩み寄っていけたら……俺は過去のわだかまりを捨てて、本当の意味で大人になれるだろうか。

◇　◇　◇

翌朝目が覚めて志信の匂いを嗅いでいたら、何だかムラムラしてきて勝手に首筋や耳を舐めた。するど、普段の彼なら怒って嫌がりそうなものなのに寝ぼけた志信は可愛らしく喘いで、体温の上昇につれてどんどんいい匂いを撒き散らし始めた。

俺もちょっとだけ触るつもりがついついエスカレートして、彼の性器を弄《いじ》って射精までさせてしまった。

本当にそこまでするつもりなんてなかった。ちょっと体温を上げていい匂いを嗅ぎたいと思っただけだ。なのに、あの匂いを嗅いでいたら欲望を制御できなかった……

俺の腕の中で悶える志信はすごくいやらしくて、俺のモノもガチガチに勃起していた。そのまま最後までしたい気分になったがもちろん我慢し、俺は急いでバスルームに逃げ込んだ。

「くそ、朝から何をサカってるんだ俺は……相手は男だぞ」

オメガって恐ろしいな……。いつもオメガばかり相手にしているアルファの友人がいて、何でオメガばかり狙うのか不思議に思っていたが、こういうことなのか。

抗いがたいフェロモンを感じられるんだな。これは癖になる奴がいてもおかしくはない。

俺は頭から冷たいシャワーを浴びながら昂《たかぶ》ったものを手で扱《しご》いて熱を収めた。

このままじゃダメだ……彼のフェロモンに引きずられて本気で襲ってしまいそうだ……

眠れるようになって性欲が前のように戻ってきた分、他所で発散しないとな。

志信は昨日のアレルギーの件をとても気に病んでいて、帰ってからずっと落ち込んでいた。しかし今朝俺が変に手を出したから、それに対する怒りでアレルギーのことはひとまず忘れてくれたらしい。引きずってほしくなかったから、ちょうど良かった。

一方彼は俺の暴挙をなかなか許してくれなかったのでご機嫌取りを申し出たら、羊羹を食べたいと言われた。

羊羹……？　老人みたいな趣味だな。本当に不思議なオメガだ。

◇◇◇

そしてその日たまたま会社のＣＭ撮影の打ち上げがあることを秘書の秋山くんから聞かされた。

行く予定はなかったが、出演女優が俺に会いたがっていると秋山くんが出席を勧めてきたので、志信から意識をそらすのに人気女優に会うのも良いかと思って参加することにした。

何となく後ろめたくて、帰りが遅くなる旨の連絡は秋山くんに任せた。

女優は元々の俺好みの派手な美人だった。二次会を終えて、明らかな意図を持ってしなだれかかってきたその女優とホテルに行った。久々のセックスに俺は汗を流したが、さほど興奮はしなかった。志信のフェロモンの刺激がないと、何だか物足りないような気がしたくらいだった。それでも、気分良く酔って性欲も発散させたので俺は上機嫌で羊羹片手に帰宅したのだった。

女優は俺がピロートークもせずすぐに帰るのを不満がっていたが、俺の寝床は志信の隣と決まっている。


帰宅して羊羹を見せたら喜ぶと思ったのに、志信はどうやら腹を立てているらしかった。なぜだかよくわからない。まだ朝のことを怒っているのか？　せっかく羊羹を買ってきてやったのに。

しかも怖いと言ってなぜか怯えている。よくよく話を聞いたら、マーキングの匂いがキツいという。あの女優、俺にマーキングだと？　舐めた真似をしてくれたな……

志信がこれじゃ一緒に眠れないと言うので、彼の精液を俺の首筋に塗って匂いを消してやった。

志信が気持ち良くなるところを見るのは楽しい。もっと気持ち良くさせてやりたくなる。めちゃくちゃいい匂いがして興奮した俺は無意識のうちに彼のうなじにきつく吸い付いていた。うっ血した痕《あと》が残るのを見て、俺は満足する。

志信は俺だけのものだ。

志信は俺が他の女と寝るのが嫌らしい。あんなに怒るとは思っていなかったんだが、可愛い奴だ。性欲をどうにかすることより志信に逃げられて眠れなくなる方が困るので、俺はこの先女と寝るのを我慢しないといけないようだ。

まぁいい。そのかわり志信にスキンシップするくらいは許してもらおう。

実際俺が性的な意図で触っても志信は嫌がらないし、気持ち良さそうにしているのでそれを見ているだけで俺はある程度満足できた。そうやって触る時、俺は志信の首に印を付けるのが密かな楽しみになっていた。

所有欲というのか、独占欲というのか……自分でもよくわからないが、こうすることでなぜか安心するのだった。

俺はとにかく彼のいい匂いを嗅いでいたくて、家にいる間はほとんどずっと側にいた。

テレビを見る時も、本を読むときも志信を抱えているか、膝枕してもらっている。

◇◇◇

その後恐れていた時期がやってきた。オメガ特有の発情期だ。

この時の匂いが、抑制剤によってどのように変わってしまうのかが俺の懸念事項だった。

志信が薬を飲んだ夜、一緒にベッドに入ったらものすごいフェロモンが漂ってきて驚いた。それまではある程度抑えられていたのだが、急に強い香りに当てられて俺は思わず息を止めて彼を押し退けた。

すぐに身体を離さないと、そのまま襲いかかってしまいそうだった。

薬を飲んであれだったら、薬を飲まなかったら一体どうなってしまうんだ？　と恐怖すら感じたほどだ。

そして、彼に別室へ移ってもらおうとしたら志信が急にぶっ倒れたから仰天した。

病院で医師の説明を聞いたら、彼は元々体質的に副作用がきつくて抑制剤が飲めないのだという。

そういう大事なことを、なぜ彼はちゃんと言ってくれないんだ？　いや、待てよ。確か面接のとき彼がヒート時に休みをくれと言ったのに、俺が突っぱねたんだった。そうか……つまり俺のせいじゃないか。

よし、決めた。先生もヒート時は薬に頼らずパートナーとセックスするのが一番と言っていたじゃないか。

今は俺が彼に一番近いんだから、俺が相手をすべきだな。

そしてその旨申し出たら、彼は非常に困った顔をしてきっぱりと断ってきた。

俺はまさか断られるとは思っていなくて——だって、セックス一歩手前のことならいつもしているんだ——とてもがっかりした。しかも、友人が相手してくれるのだという。

物凄く釈然としなかったが、雇い主が従業員にセックスを強要する訳にもいかないので、ホテルの部屋だけ提供してやることにした。

俺は面白くなくてちょっと嫌な気分だったが、彼がホテルにこもる際に俺のパジャマを持って行きたいと言い出した。何の意味があるのかと聞いたら「寂しいから」だという。

それを聞いて俺はすっかり気を良くした。寂しくて俺のパジャマを持っていくなんて、よほど俺のことが好きなんだな。やはり志信は可愛い。

◇◇◇

しかし、実際に彼がいない一週間というのは地獄そのものだった。夜は彼に倣って俺も志信のパジャマを抱き枕代わりにしたが、やはりそう簡単に眠れるものではない。

そのうえ、彼が今ホテルに友人とやらを呼んで抱かれているのかもしれないと思うと、イラついて仕方ないのだった。いや、しかし俺は彼の雇い主に過ぎないんだ。彼が誰とセックスしようと、関係ないではないか？

なぜこんなにモヤモヤするんだ……？

この辺りで俺は薄々気付き始めた。

もしかして、彼は俺の運命の番《つがい》なんじゃないか？　と。

しかし俺はオメガのこの性質を最も嫌っているのだ。

俺の母が、運命の番《つがい》とやらにふらふらと血迷って、俺と父を捨てて家を出ていったのを未だに根に持っている。

こんなバカげた本能はいらないと常々思ってきたし、だからこそオメガを近づけないようにと気を遣って来たじゃないか。

それがどうだ……？　たまたま俺の体調不良を改善してくれたオメガの志信が……よりによって俺の忌避していた『運命の番《つがい》』なのか？

いや、そもそも俺が彼を見つけられたのも彼が運命の相手だから、ということなのか。

初めて会った瞬間の衝撃は未だに忘れられない。

俺はこの時、既に志信のことをかなり気に入っていて、家族のように大切にしたいと思い始めていた。

それは彼が親切で、オメガでありながらまっとうに生きようと努力し、闇雲にアルファに媚びようとしないからこそだと思っていた。そういった彼の性格に俺は惹かれたと思っていたのに……

結局は、ただ単に運命の番《つがい》だからという原始的な生殖本能で彼を選んだということなんだろうか。

「俺も要するに母と同じ……性フェロモンに振り回される人間でしかないのか」

このことは志信がヒート明けに帰宅してからはっきりと自覚することになる。

彼が帰ってきてまず真っ先に抱きしめた。すると彼から他の男の匂いがし、その瞬間俺の理性はブツリと断ち切れた。

何とか感情をコントロールしようとこの一週間足掻いていたのに、志信を目の前にしたらそんなものは無残に砕け散った。

俺は嫌がる志信を押し倒して、マーキングした。

さすがにその後、正気に戻ってあまりにも酷いやり方だったと反省し、お詫びにデートに誘った。志信がドライブに行きたいと言うので連れ出したところ、ちょっと目を離した隙にアルファの若者に声をかけられていた。それを見た瞬間、他の男の匂いを付けて帰ってきた志信を見たときのような怒りが湧いてきた。

運命の番《つがい》に対して執着と独占欲が激しくなるという話は聞いたことがあるが、これがそうなのか。

俺は自分を制御しきれず、志信から目を離したくなくて自分のオフィスで働かせることにした。勤務時間のことが面倒だし、どうせ一生一緒に暮らすつもりだったから志信を役員にしてしまおうと思ったが、全力で拒否された。

本当に欲のない奴だ。

東鳳エレクトロニクスの役員にしてやると言って断る人間がいるのか。

彼が夜の添い寝は自主的に続けてくれると言うので、それを信じることにした。

志信は秋山くんと働くことにちょっと抵抗があるようだった。このことについて俺はあまり深く考えていなかった。もしこのときちゃんと志信の話を聞いてやっていたら……と後から悔やむことになる。

秋山くんは決められた仕事はテキパキこなすが、元々そんなに気が利く方じゃない。だけど志信が来てからはやたらと気が利くようになった。

でもこれは、志信がやったことを彼女がやったように見せかけていただけだったと、後から知ることになる。いずれにせよ、後々問題が大きくなるまで彼女がそんなに危険な人物だとは思ってもみなかったのだ。

志信がオフィスで働くようになってしばらく経った時、彼が大事な契約書をシュレッダーにかけてしまってちょっとした騒動になった。

志信がそそっかしいのは今に始まったことではないので、俺も腹を立てたりはしなかった。

それに契約の相手先の社長は秋山くんのことを気に入っているので、一緒に連れて行って頭を下げたら笑って許してくれた。

そんな訳で、俺の中でこの事件はさして重要でもないという位置づけだったのだ。しかし志信にとってはそうではなかった。これをきっかけに、急に仕事を辞めたいと言い出したのだ。

この頃、志信は風邪が長引いており、ずっと体調が悪そうだった。そんな中、青い顔をした志信が深刻な様子で退職を申し出てきた。俺は何の冗談かと思って笑って流そうとしたが、彼は本気だった。

しかも、添い寝まで辞めてこの家を出て行くという。俺は心底焦った。

問いただすと、俺とのセックスが負担だったと言う。

俺はこれを聞いてショックを受けた。

まさか嫌がっているとは微塵《みじん》も思っていなかったのだ。俺は彼のことを運命の番《つがい》だと思い込んでいたが、違ったのだろうか。

運命の番《つがい》なのにセックスが負担だなんて思う訳ないよな……

頭が混乱しているうちに、志信は客間に引っこんでしまい、翌朝には本当に俺の家から出て行ってしまった。

あまりの事態に俺は呆然として、数日は仕事にも集中できずミスを繰り返したほどだった。

そして、その後考え直してもやはり納得がいかず、彼の行く末も心配だったので興信所に頼んで探りを入れてもらった。

彼は出て行く前に言っていた通り、幼馴染の倉橋一也の家に居候していた。この男は志信がヒートのときに匂いを付けた憎たらしい男だが、志信を保護してくれたことは感謝している。

そして調べてくれた調査員によると、志信はある人物に大金を振り込んでいたそうだ。

その相手は、何と秋山くんだった。

俺は一体何が起きているのかと驚いた。そして調査員は会社の防犯カメラがあるなら志信が出て行く前の様子を見てみたらどうかと提案してきた。そこで俺が目にしたのは、信じられない光景だった。

社内には音声録音までできる防犯カメラを各所に設置している。そこで志信と秋山くんが会話している部分だけをピックアップして見てみたのだが、秋山くんのあまりの言いように吐き気がした。

「あの女……！」

志信は妊娠しており、それをネタに強請《ゆす》られていた。なぜ志信が俺に妊娠したことを黙っていたのかはさておき、とにかく志信が俺に内緒にしておきたいのを良いことに秋山は志信に恐喝を行っていたのだ。

更に、あの契約書も秋山が志信に裁断させている映像がしっかり残っていた。

「何で俺は、こんなことに気付いてやれなかったんだ……」

自分の鈍感さに嫌気がさす。志信は妊娠していて具合が悪かったのか。

それなのに、一人で抱え込んで仕事も辞めて――

今は友人の家にかくまってもらっているが、秋山に脅されてさぞかし恐ろしい思いをしただろう。しかもお腹にいる子は、俺が無理に関係を迫ったせいで身ごもった子なのだ。

本当に志信が俺との行為に同意していなかったのだとしたら大変なことだ。俺は一体どうやって彼に償えば良いんだ？

自分のしてしまったことの重大さにすくみ上がりそうになった。

しかし、ビビっている場合じゃない。秋山から金を取り戻して彼女に痛い目を見せなければ、志信に示しがつかない。

俺は少し考えて、秋山のことを気に入っている社長に電話をかけて会う約束を取り付けた。

◇◇◇

計画実行の日に合わせて、秋山を夕食に誘っておいた。彼女は俺に気があるので、二つ返事で乗ってきた。

怪しまれないようにそこそこ高級なホテルのフレンチレストランで食事をし、適度にワインを飲んで油断させる。そしてこのホテルに部屋を取ってあると言えば彼女は頬を染めて付いてきた。

しかし部屋には取引先の山根社長――でっぷりと太った脂ぎった五十代の男――が待っていた。

「や、山根社長……？　どうして……」

秋山は動揺していた。それはそうだ、これから俺と寝るつもりでここに来たのだから。

「悪いが君の期待したようなことは起きないから、そのつもりで」

「……どういうことです？」

「まぁ座ってくれ」

テーブルを挟んで俺は秋山と向かい合った。俺の隣には山根社長がいる。秋山は警戒した面持ちで俺と山根社長の顔を交互に見ていた。

「先日の契約書の件だが、君が志信に指示して裁断させたな」

「えっ⁉」

彼女は思いもよらぬ指摘に驚愕した顔を見せた。俺はスマートフォンに移しておいた当時の録画データを彼女に見せた。そこには志信に契約書を手渡して裁断を指示する秋山の様子がありありと映っていた。

「言い逃れはできないぞ。君がこんな姑息な真似をする女だとは思わなかった」

「こ……これは……違うんです！　これは全て社長のためで……」

しどろもどろになって言い訳しようとしている。

「俺のため？」

「そうです！　あの薄汚いオメガは妊娠していたんです。だから立場をわきまえてもらおうと……」

「どんな立場だ？」

「え、そ、それは……底辺のオメガとしての立場です。社長のようなアルファの側にいるのはおかしいってことですわ！　社長は騙されてるんです！　私はそれを彼にわからせようと……」

「君は何か勘違いしているようだが、彼に頼み込んで家にいてもらっていたのは俺の方だ。俺は彼のことを愛しているし、子供ができて不都合などない。むしろ君のせいで彼を失って、多大な迷惑を被っている」

俺の冷ややかな声を聞いて秋山はワナワナと震え始めた。

「社長……酷いわ。私だってずっとあなたのことを……あ、あんなオメガより私の方が……！」

「身の程をわきまえるべきなのは、そっちの方だよ。君はもう、明日から会社に来なくていい。解雇する」

秋山は蒼白な顔で叫んだ。

「何ですって!?　そんな……！」

「志信を恐喝して奪い取った三百万は、退職金から差っ引くからそのつもりで」

「そ……そんなことできないはずよ！　そんなことしたら、パパに言い付けるわ！」

秋山の父親は区議会議員で、俺の父が過去お世話になった関係で彼女は俺の秘書になっていたのだ。

彼女は俺に近づきたくて父を通してコネ入社したという訳だ。それでも、秘書としては有能だったから特に疑問も持たず今まで使っていた。しかしこうなっては話は別だ。

「そうか？　それはどうぞご自由に。むしろ娘が会社の契約書を勝手に裁断し、同僚を恐喝したなんてニュースにでもなったら、次の選挙でお父さんはどうなるか……見物だと思わないか？」

「なっ……！」

彼女は自分の立場に気付いて焦り始めた。

「やめて！　パパには言わないで！　お願いします、社長。クビになったりしたらパパに怒られてしまうわ。何でもするから、どうかクビにするのだけは許してください！」

「ああ、俺もそこまで悪い人間じゃない。解雇はするが、特別に君に新しい職場を紹介するよ。ね、山根社長」

「いやぁ、嬉しいねえ！　秋山くん、今後ともよろしくね！」

社長は下品なにやにや顔で秋山に微笑みかける。

「な……な……どういうこと……？」

「君は転職するのさ。なぁに、山根社長のことだから、今以上に給料を弾んでくれるかもしれないぞ」

「はっはっは！　いやいや、鳳さんのところほど景気は良くないがね。はっはっは！」

太鼓っ腹を揺すって大笑いする山根社長に秋山は嫌悪感丸出しの顔を向けている。俺はそれを尻目に席を立った。

「さて、俺は邪魔になっちゃいけないから、そろそろお暇しよう」

「えっ！　社長⁉」

秋山は立ち上がった俺にすがるような視線を向ける。これから何が起こるか察して彼女は俺に助けを求めた。

「社長……嫌よ、置いて行かないで！」

「ちゃんと山根社長のご機嫌を取らないと、この先やって行けないぞ秋山くん。君も男受けする媚びた顔をしてるから、きっと社長に気に入ってもらえるさ。じゃあ、楽しんで」

背後で何か必死で訴えている秋山を置き去りにして俺は扉を閉めた。


こうして俺は秋山に対してできることはやった。これで志信が喜ぶかはわからないが……

それにしても志信が妊娠していたっていうのに俺は……何もしてやれなかったどころか家出を決意させてしまった。

何としてでもあの時引き留めるべきだったのに。

本当は今すぐに迎えに行きたい。

だけど、志信が俺のことを嫌っていると思うと、顔を見せる訳にもいかない。

そんなことを考えて結局どうすることもできず、俺はただ定期的に志信の様子を確認させて報告を受けることで自分を納得させていた。

「安全な場所で、無事でいてくれればそれでいい……」

しかし俺は眠れぬ日々が続いて次第に精神的にも肉体的にも追い込まれていったのだった。

◇　◇　◇

その後、兄が帰国して、志信のことを話したらがっつり怒られた。

「お前は本当に無能のクズだな！」

「え……」

「さあ、行くぞ」

「行くって……どこへ？」

「お前は寝ぼけてるのか？　志信くんの所に決まってるだろう」

「え⁉　ダメだよ。俺は行けないって、さっき言って……」

「本気で志信くんがお前のことを嫌いだと思うのか？　もしそうなら、慰謝料でも何でもきっちり請求してるだろう。でも彼は受け取るのを断ったんだよな？　子供だって、本気でお前が憎いなら、堕ろしてるだろうよ。隠してでも育てようとしているのはなぜなのか、わからないのか？」

「わからない……」

「バカめ、お前が好きだからだろう。とにかく行くぞ、例の金を持ってこい」

兄にまくし立てられて俺は渋々付き添った。

志信が身を寄せているマンションに到着するまでに俺はあれこれ考え抜き、せっかくここまで来たからにはビシッと愛の告白をして格好良く連れ帰ろうと思っていた。

セリフまで考えて何度も反芻したりして。

マンションのエントランスでは俺の姿が見えたらドアを開けてもらえないと思って陰に隠れていた。

そしてエレベーターで志信のいる階まで行き、部屋の前に立つ。ベルを鳴らしてしばらくすると足音がしてドアが開いた。

久しぶりに見た志信は綺麗だった。いや、そんな言葉では言い尽くせない——懐かしさとか良い匂いだとか、あらゆる要素が混じり合って皮膚がビリビリするような感じがした。結局俺は本能に逆らえないのだと頭より先に身体が理解した。

そして色々考えていたセリフは全て頭から吹っ飛んで、俺は志信にしがみついていた。彼の匂いを思い切り吸い込んだ後の記憶がない。どうやら俺はその場で眠ってしまったようだ。

しかも、後から兄に聞くと「捨てないで」などと言っていたらしい。死ぬほど恥ずかしい。格好良く決めようなんて考えていた俺はバカか？

アルファがオメガより上なんて思っているのは愚か者だ。つまりそれは今までの俺のことだが……

オメガを前にしたアルファなんてただの動物だ。俺は、これから一生、志信にひれ伏すことになるんだとようやく理解した。

今まで何度も「志信は俺のもの」なんて思ったけど、そうではなく俺が志信のものになったのだ。

うん、これが一番しっくりくる。なぜ今まで気付かなかったんだ？

運命の番《つがい》なんて嫌だとか、くだらない意地を張ったせいで志信を苦しめた。

許しがたい大バカ……無能の中の無能だ、俺は。

久しぶりにぐっすり眠れて頭がスッキリした。

目が覚めて、志信は俺の話を全部静かに聞いてくれた。

彼の話も聞いたところ、俺とのセックスが合意の上じゃなかったというのが志信の嘘で、心底ホッとした。

志信は俺のことが好きだった、うん。やっぱりな。

それにしても倉橋一也は思っていたより大した男で、アルファの俺が睨《にら》みをきかせても一歩も引かなかった。普通だったら威圧を込めて睨《にら》んだら、ベータなら震え上がるものだ。

さすが志信、男を見る目があるなと感心した。

志信を必ず幸せにすると彼に誓ったが、約束を違えたらおそらく俺はこの男に殺されるだろうな。

◇◇◇

こうして、何とか志信を連れて一緒に家に帰ることになり、再び彼との暮らしがスタートした。

二人とも対話が足りなかったせいですれ違ったから、何でも思っていることは話そうというルールを決めた。

俺は心の中で志信に絶対服従を誓ったので、彼の言うことは何でも聞くつもりだ。

その代わり、俺は彼に誤解を与えないように常に愛の言葉を口にするようにしている。もちろん、態度で示すのも忘れない。家にいる限り俺はずっと志信から離れない。

とはいえ、二人の子供——匠実と名付けた——が産まれてからは、俺は匠実の奴隷にもなった。真夜中に起こされてミルクをあげたり、オムツを替えたりはもちろんのこと、時にはおしっこを引っかけられ、顔面を叩かれる。しかし、無論笑顔だ。

仕事が終わって帰宅すると、可愛い匠実を抱いた志信が迎えてくれる。最高にいい匂いでホッとする。

「ただいま」

「おかえり～！　宗吾、ごはんの前に匠ちゃんをお風呂に入れてもらっていい？」

「ああ、いいよ。洗い終わったら呼ぶから」

俺は最近仕事を早めに切り上げて帰るようにしている。息子を風呂に入れるのが楽しみだし、風呂上がりに身体を拭いて服を着せるのは、大人一人だと結構大変なのだ。

出会った時は志信のことを年下、それも大学生くらいと思っていたが、子供が産まれた今ではすっかり頼もしくなって、今では間違いなく俺の方が尻に敷かれている。

そして俺は、それを今ではすごく心地良く思っているのだった。

匠実を寝かしつけた後、志信とベッドに入った俺は前々から考えていたことを話す。

「志信。新婚旅行へ行かないか？」

「え？」

「俺達、ちゃんと付き合う前からゴタゴタばかりで、すぐ出産だったろ？　せっかくだからちゃんと新婚旅行には行こう」

「僕は嬉しいけど……匠実もいるし、どこへ行くの？」

「それを考えるのが旅行の楽しみだろ。よし、これから一緒に調べよう」

「……うん！」

志信は目を輝かせた。

一緒に暮らし始めた頃、ドライブに連れて行っただけで大喜びしていた志信だ。飛行機にも乗ったことがないと以前話していた。結婚するまでにも散々苦労をかけたし、すぐに一児の母になってしまったから、ほとんど自由時間のない生活をしている。

これからは、家族で楽しい思い出をたくさん作っていきたい。志信と匠実の笑顔をこれからもずっと一番近くで守る――それが夫であり、父である俺の役目だ。

愛しい志信の華奢な体をその香りごと抱きしめながら、俺は心に誓った。

この作品に対する皆様のご意見・ご感想をお待ちしております。
おハガキ・お手紙は以下の宛先にお送りください。

【宛先】
〒150-6019 東京都渋谷区恵比寿 4-20-3 恵比寿ｶﾞｰﾃﾞﾝﾌﾟﾚｲｽﾀﾜｰ 19F
（株）アルファポリス　書籍感想係

メールフォームでのご意見・ご感想は右のＱＲコードから、
あるいは以下のワードで検索をかけてください。

アルファポリス　書籍の感想　検索

ご感想はこちらから

本書は、「アルファポリス」（https://www.alphapolis.co.jp/）に掲載されていたものを、
改稿、加筆のうえ、書籍化したものです。

派遣Ω《はけんおめが》は社長《しゃちょう》の抱《だ》き枕《まくら》
～エリートα《あるふぁ》を寝《ね》かしつけるお仕事《しごと》～

grotta（ぐろった）

2024年 3月 20日初版発行

編集－木村 文・大木 瞳
編集長－倉持真理
発行者－梶本雄介
発行所－株式会社アルファポリス
〒150-6019 東京都渋谷区恵比寿4-20-3 恵比寿ｶﾞｰﾃﾞﾝﾌﾟﾚｲｽﾀﾜｰ19F
TEL 03-6277-1601（営業） 03-6277-1602（編集）
URL https://www.alphapolis.co.jp/
発売元－株式会社星雲社（共同出版社・流通責任出版社）
〒112-0005 東京都文京区水道1-3-30
TEL 03-3868-3275
装丁・本文イラスト－サメジマエル
装丁デザイン－AFTERGLOW
（レーベルフォーマットデザイン―円と球）
印刷－図書印刷株式会社

価格はカバーに表示されてあります。
落丁乱丁の場合はアルファポリスまでご連絡ください。
送料は小社負担でお取り替えします。

ISBN978-4-434-33454-2 C0093